✥

As mais belas palavras da Bíblia

As mais belas palavras da Bíblia

Uma antologia organizada e apresentada por
Bruno Lagrange

Martins Fontes
São Paulo 2006

Esta obra foi publicada originalmente em francês com o título
LES PLUS BELLES PAROLES DE LA BIBLE
por Éditions de l'Archipel, Paris.
Copyright © Presses du Châtelet, 2001.
Copyright © 2006, Livraria Martins Fontes Editora Ltda.,
São Paulo, para a presente edição.

Todos os textos bíblicos foram retirados da Bíblia de Jerusalém, 1985.

1ª edição 2006

Pesquisa das citações bíblicas
Alessandra Conceição
Tradução do aparelho crítico
Marina Appenzeller
Acompanhamento editorial
Luzia Aparecida dos Santos

Dados Internacionais de Catalogação na Publicação (CIP)
(Câmara Brasileira do Livro, SP, Brasil)

Lagrange, Bruno
  As mais belas palavras da Bíblia / uma antologia organizada e apresentada por Bruno Lagrange ; pesquisa das citações bíblicas Alessandra Conceição ; tradução do aparelho crítico Marina Appenzeller]. – São Paulo : Martins Fontes, 2006.

  Título original: Les plus belles paroles de la Bible.
  ISBN 85-336-2254-6

  1. Bíblia – Citações 2. Bíblia – Orações 3. Espiritualidade
I. Título.

06-1099   CDD-220

Índices para catálogo sistemático:
1. Bíblia : Citações 220
2. Citações bíblicas 220

Todos os direitos desta edição para o Brasil reservados à
Livraria Martins Fontes Editora Ltda.
Rua Conselheiro Ramalho, 330 01325-000 São Paulo SP Brasil
Tel. (11) 3241.3677 Fax (11) 3101.1042
e-mail: info@martinsfontes.com.br http://www.martinsfontes.com.br

Prefácio

O pastor nômade, o camponês da Bíblia abandonavam suas verdes pastagens, seus campos ou suas vinhas para escalar em peregrinação a Montanha Sagrada e para levar ao Templo de Jerusalém, a cada ano, as primícias de seus rebanhos e de suas colheitas, e assim foi durante um milênio.

Seu universo, a Judéia, infinitamente pequeno com relação ao cosmo que jamais acabaremos de explorar, limitava-se a terras fecundas sob um céu cintilante de estrelas, que à noite orientavam as caravanas. Durante o percurso, cantavam. A natureza e sua história falavam-lhes o tempo todo do Deus de seus pais. Iam encontrá-lo em sua morada entre os homens. Esse Yaveh que nos revelaram por meio da Bíblia era a única fonte e a única razão de sua existência precária, a que agrupava seu pequeno povo perdido em meio às grandes civilizações do Oriente Médio, que muitas vezes os escravizaram durante o milênio, mas jamais os dominaram.

Nenhuma outra força terrestre guiava seus passos, somente Yaveh.

E nós, que fomos submetidos a tantas ideologias mortais e mortas, conseguimos nos reconhecer nessa fé invencível, resplandecente e simples, nascida de um encontro, de um intercâmbio, de um diálogo, palavra contra palavra, entre um Deus pessoal invisível e seu povo. Essa fé legou ao patrimônio da humanidade sua experiência única da oração.

Foi com toda a naturalidade que os autores da Bíblia transcreveram para seus contemporâneos e seus filhos, de geração em geração, suas orações e suas palavras de sabedoria inspiradas por todas as circunstâncias de sua vida e de sua história.

Mesmo que não seguissem seus caminhos, sabiam que Deus precisa dos homens e que muitas vezes ele os leva a caminhos contrários a seus projetos. Como diz o provérbio, eles sabiam que Deus escreve certo por linhas tortas.

Confrontados contra qualquer lógica a uma vontade divina incompreensível, o primeiro convencido a sacrificar seu filho único, Isaac, o segundo, a transformar um grupo de escravos indóceis e rebeldes em um povo novo, seus pais, Abraão e Moisés, pediram explicações. Conseguiram-nas. Haviam vencido seu Deus por meio da oração. Toda a fé de Israel comprometeu-se assim a partir deles, Abraão e Moisés, os anciões.

A prece é então a única revolta que se mantém: é o que encontramos recitado muito simplesmente no Pai-Nosso, onde depois de orar a seu pai – "Seja feita vossa vontade" –, Jesus ensina a seus discípulos a retomar: "Dai-nos, perdoai-nos, livrai-nos do mal."

Isso pode ser relacionado com o mistério das "Palavras" da Bíblia, que manifestam uma proximidade e uma familiaridade únicas com Deus, que fez o homem à sua imagem e tomou a iniciativa desse diálogo perpétuo. Por isso, elas atravessaram os séculos; cabe a nós apropriarmo-nos delas em tempo e hora adequados, a cada dia de nossa vida, depois de tantas e tantas gerações.

Como o vocabulário e as imagens bíblicas podem desorientar muitos leitores de hoje, as orações são apresentadas aqui em linguagem corrente, evitando alusões históricas afastadas demais de nossas preocupações. Também é fato que o hebraico, língua da Bíblia, ignora soberbamente as abstrações, os conceitos, como se diz, e que as palavras para dizer a oração inspiram-se na experiência cotidiana vivida no corpo, na carne.

Apresentamos essa visão única e universal da condição humana falando e escutando Deus, no sentido mais literal, em um plano sinfônico, no qual cada movimento representa uma fase da vida, um momento da existência, uma reunião comunitária, sem esquecer os Provérbios, as Orações dos Tempos Antigos, as dos Justos e dos Profetas, as das Mulheres, sem tampouco esquecer as palavras de Cristo e de seus apóstolos. Finalmente, impunha-se uma escolha mais ampla e atemporal dos Salmos, que há dois mil anos são recitados a cada dia na liturgia da sinagoga, da igreja e dos mosteiros, por serem tão representativos das "Palavras" mais belas da Bíblia.

No final da obra, o leitor encontrará um resumo da mensagem bíblica (p. 219), a lista completa dos livros da Bíblia (p. 221) – aqueles dos quais foram extraídas as "Palavras" dessa coletânea são comentados (p. 223) –, assim como um índice temático (p. 232) para descobrir o texto correspondente à sua reflexão do momento ou às circunstâncias de sua vida.

Quando vejo o céu, obra dos teus dedos, a lua e as estrelas que fixaste, que é um mortal, para dele te lembrares, e um filho de Adão, que venhas visitá-lo?

Salmo 8

Antigo Testamento

Nascimento de um rei

Também eu sou um homem mortal, igual a todos, filho do primeiro que a terra modelou, feito de carne, no seio de uma mãe, onde, por dez meses, no sangue me solidifiquei, de viril semente e do prazer, companheiro do sono. Ao nascer, também eu respirei o ar comum. E, ao cair na terra que a todos recebe igualmente, estreei minha voz chorando, igual a todos. Criaram-me com mimo, entre cueiros. Nenhum rei começou de outra maneira; idêntica é a entrada de todos na vida, e a saída.

> *Sabedoria de Salomão, 7, palavras atribuídas a Salomão. As fases da vida são celebradas na Bíblia como momentos importantes e privilegiados da relação com Deus. O nascimento de uma criança é um dom e uma bênção do céu. Ao dar a vida, o pai e a mãe associam-se à obra do Criador, origem do sopro de vida. Na Bíblia, o nascimento é um mistério alegre.*

Não comas o pão do invejoso nem cobices seus manjares, pois é assim o cálculo que ele faz em si mesmo: "Come e bebe!", diz ele, mas seu coração não está contigo.

Provérbios, 23

Deus protege os homens

Ouvi-me, vós, da casa de Jacó, tudo o que resta da casa de Israel, vós, a quem carreguei desde o seio materno, a quem levei desde o berço.
Até a vossa velhice continuo o mesmo, até vos cobrirdes de cãs continuo a carregar-vos: eu vos criei e eu vos conduzirei, eu vos carregarei e vos salvarei.

Isaías, 46

O anúncio do Messias

Porque um menino nos nasceu, um filho nos foi dado, ele recebeu o poder sobre seus ombros, e lhe foi dado este nome: Conselheiro-maravilhoso, Deus-forte, Pai-eterno, Príncipe-da-paz, para que se multiplique o poder, assegurando o estabelecimento de uma paz sem fim sobre o trono de Davi e sobre o seu reino, firmando-o consolidando-o sobre o direito e sobre a justiça.
Desde agora e sempre, o zelo de Yaveh dos Exércitos fará isto.

Isaías, 9. A criança é a maior riqueza, o herdeiro da Aliança, portadora da esperança e da prosperidade da família, do clã e do povo de Deus, que por ele se perpetua através das gerações.

Confia no Senhor

A areia do mar, os pingos da chuva, os dias da eternidade, quem os poderá contar?
A altura do céu, a amplidão da terra, a profundeza do abismo, quem as poderá explorar?
Antes de todas essas coisas foi criada a Sabedoria, e a inteligência prudente existe desde sempre.
A quem foi revelada a raiz da sabedoria? Seus recursos, quem os conhece?
A fonte da sabedoria é a palavra de Deus nos céus; seus caminhos são as leis eternas.
Confia no Senhor, ele te ajudará, endireita teus caminhos e espera nele.

Eclesiástico, 1

Tudo é vaidade

Vaidade das vaidades – diz Coélet – vaidade das vaidades, tudo é vaidade. Que proveito tira o homem de todo o trabalho com que se afadiga debaixo do sol? Uma geração vai, uma geração vem, e a terra sempre permanece. O sol se levanta, o sol se deita, apressando-se a voltar ao seu lugar e é lá que ele se levanta. O vento sopra em direção ao sul, gira para o norte, e girando e girando vai o vento em suas voltas. Todos os rios correm para o mar e, contudo, o mar nunca se enche: embora chegando ao fim do seu percurso, os rios continuam a correr. Toda palavra é enfadonha e ninguém é capaz de explicá-la. O olho não se sacia de ver, nem o ouvido se farta de ouvir.

O que foi, será, o que se fez, se tornará a fazer: nada há de novo debaixo do sol!

Mesmo que alguém afirmasse de algo: "Olha, isto é novo!", eis que já sucedeu em outros tempos muito antes de nós. Ninguém se lembra dos antepassados, e também aqueles que lhes sucedem não serão lembrados por seus pósteros.

Eclesiastes, 1. Também chamado de Coélet (o homem que se dirige à assembléia), o Eclesiástico é um mestre de sabedoria que viveu por volta de 250 a.C., época em que os judeus se confrontam com a cultura e a sabedoria gregas dominantes e ameaçadoras para Israel.

❧

Louvai a Yaveh no céu, louvai-o nas alturas; louvai-o todos os anjos, louvai-o, seus exércitos todos!

Salmo 148

❧

Os justos herdarão a terra

Espera por Yaveh e observa o seu caminho; ele te exaltará, para que possuas a terra: tu verás os ímpios extirpados.

Salmo 37

❧

Quem pensa no pobre

Feliz quem pensa no fraco e no indigente, no dia da infelicidade Yaveh o salva; Yaveh o guarda, dá-lhe vida e felicidade na terra, e não o entrega à vontade dos seus inimigos! Yaveh o sustenta no seu leito de dor, tu afofas a cama em que ele definha.

Salmo 41

❖

Quem pode hospedar-se em tua tenda?

Yaveh, quem pode hospedar-se em tua tenda?
Quem pode habitar em teu monte sagrado?
Quem anda com integridade e pratica a justiça: fala a verdade no coração, e não deixa a língua correr; não faz mal ao seu próximo e não difama seu vizinho; despreza o ímpio com o olhar, mas honra os que temem a Yaveh; jura com dano próprio sem se retratar; não empresta dinheiro com usura, nem aceita suborno contra o inocente.
Quem age deste modo jamais vacilará!

Salmo 15

Mais vale dois que um só

Alguém sozinho, sem companheiro, sem filho ou irmão; todo o seu trabalho não tem fim, e seus olhos não se saciam de riquezas: "Para quem trabalho e me privo da felicidade?" Isso também é vaidade e um penoso trabalho.
Mais vale dois que um só, porque terão proveito do seu trabalho. Porque se caem, um levanta o outro; mas o que será de alguém que cai sem ter um companheiro para levantá-lo?

Eclesiastes, 4

Eu te procuro

Ó Deus, tu és o meu Deus, eu te procuro. Minha alma tem sede de ti, minha carne te deseja com ardor, como terra seca, esgotada, sem água.
Assim, vou bendizer-te em toda a minha vida, e em teu nome levantar minhas mãos.
Quando te recordo em meu leito, passo vigílias meditando em ti.

Salmo 63

Retornai

Rasgai os vossos corações, e não as vossas roupas, retornai a Yaveh, vosso Deus, porque ele é bondoso e misericordioso, lento na ira e cheio de amor, e se compadece da desgraça.
Quem sabe? Talvez ele volte atrás, se arrependa e deixe atrás de si uma bênção, oblação e libação para Yaveh, vosso Deus.
Tocai a trombeta em Sião! Ordenai um jejum, proclamai uma reunião sagrada!
Reuni o povo, convocai a comunidade, congregai os anciãos, reuni os jovens e os lactentes!
Que o esposo saia de seu quarto e a esposa de seu aposento!
Entre o pórtico e o altar chorem os sacerdotes, ministros de Yaveh e digam: "Yaveh, tem piedade do teu povo! Não entregues ao opróbrio a tua herança, para que as nações zombem deles! Porque dirão entre os povos: Onde está o seu Deus?"
Yaveh encheu-se de zelo por sua terra e teve piedade de seu povo.
Yaveh respondeu e disse a seu povo: "Eis que vos envio trigo, vinho e óleo. Saciar-vos-eis deles. Não mais farei de vós um opróbrio entre as nações."

Joel, 2. O profeta Joel conclama para uma prece de arrependimento e de conversão.

❧

Nobre coroa são as cãs, ela se encontra no caminho da justiça.

Provérbios, 16

❧

A AMBOS FEZ YAVEH

Rico e pobre se encontram; a ambos fez Yaveh. O homem sagaz vê o mal e se esconde: mas os ingênuos passam adiante e sofrem a pena.
O fruto da humildade é o temor de Yaveh, a riqueza, a honra e a vida.
Quem semeia a injustiça colherá a desgraça, e a vara de sua cólera desaparecerá.
Oprime-se um fraco: no final ele sai engrandecido; dá-se ao rico: e no final só há empobrecimento.

Provérbios, 22

Por que me abandonaste?

Meu Deus, meu Deus, por que me abandonaste? As palavras do meu rugir estão longe de me salvar! Meu Deus, eu grito de dia, e não me respondes, de noite, e nunca tenho descanso.

E tu és o Santo, habitando os louvores de Israel! Nossos pais confiavam em ti, confiavam e tu os salvavas; eles gritavam a ti e escapavam, confiavam em ti e nunca se envergonharam.

Quanto a mim, sou verme, não homem, riso dos homens e desprezo do povo; todos os que me vêem caçoam de mim, abrem a boca e meneiam a cabeça: "Voltou-se a Yaveh, que ele o liberte, que o salve, se é que o ama!"

Pois és tu quem me tirou do ventre e me confiou aos peitos de minha mãe.

Seco está o meu paladar, como um caco, e minha língua colada ao maxilar; tu me colocas na poeira da morte.

Repartem entre si as minhas vestes, e sobre a minha túnica tiram sorte.

Salmo 22. Jesus Cristo na cruz, agonizante, começou a recitá-lo. Atribuída a Davi, essa prece será considerada uma profecia da Paixão.

❧

Dai-nos a alegria

E agora bendizei o Deus do universo que por toda parte fez grandes coisas, que exaltou os nossos dias desde o seio materno, que agiu conosco segundo a sua misericórdia. Que ele nos dê um coração alegre, que ele conceda a paz aos nossos dias, em Israel, pelos séculos dos séculos.

Eclesiástico, 50

❧

Doce é a luz, e agradável aos olhos ver o sol.

Eclesiastes, 11

Palavras do pai

Yaveh, meu coração não se eleva, nem meus olhos se alteiam; não ando atrás de grandezas, nem de maravilhas que me ultrapassam.
Não! Fiz calar e repousar meus desejos, como criança desmamada no colo de sua mãe, como criança desmamada estão em mim meus desejos.

Salmo 131

Evita as faltas tanto nas grandes como nas pequenas coisas

Não joeires a todos os ventos, nem te metas por qualquer trilha.
Sê firme em teu sentimento e seja uma a tua palavra. Sê pronto para escutar, mas lento para dizer a resposta. Se sabes algo, responde a teu próximo; se não, põe a tua mão sobre a boca. Honra e confusão acompanham o loquaz, e a língua do homem é a sua ruína.
Evita as faltas tanto nas grandes como nas pequenas coisas, e de amigo não te tornes inimigo.

Eclesiástico, 5

Busca a paz

Filhos, vinde escutar-me, vou ensinar-vos o temor de Yaveh. Qual o homem que deseja a vida e quer longevidade para ver o bem?
Preserva tua língua do mal e teus lábios de falarem falsamente.

Salmo 34

Trata-te bem

Feliz o homem que não pecou com a sua boca e que não foi ferido pelo remorso dos pecados.
Feliz aquele cuja consciência não o acusa e aquele que não perdeu sua esperança.
Ao homem mesquinho não convém a riqueza, e para que grandes bens ao invejoso?
Quem ajunta, privando-se, ajunta para os outros e com os seus bens outros regalar-se-ão.
Não há homem pior do que aquele que se deprecia, e isto é a recompensa de sua maldade.
Se faz o bem, é por esquecimento, no fim deixa transparecer a sua maldade.
Filho, na medida do que tens, trata-te bem e apresenta ao Senhor as oferendas, como convém.

Eclesiástico, 14

De manhã

Ouve atento meu grito por socorro, meu Rei e meu Deus!
É a ti que eu suplico, Yaveh! De manhã ouves minha voz;
de manhã eu te apresento minha causa e fico esperando.
Guia-me com tua justiça Yaveh.
Todos os que se abrigam em ti se alegrem e se rejubilem
para sempre; tu os proteges e exultam em ti os que amam
teu nome.

Salmo 6. Na tradição cristã, os sete Salmos da Penitência (6, 32, 38, 51, 102, 130, 143) exprimem o arrependimento.

Adquire a sabedoria

Também eu fui filho do meu pai, amado ternamente por
minha mãe.
Ele me instruiu assim: "Conserva minhas palavras no teu
coração, guarda os meus preceitos, e viverás; adquire a sabedoria, adquire a inteligência, não te esqueças delas, nem
te afastes de minhas palavras."

Provérbios, 4

Desfruta a vida

Vai, come teu pão com alegria e bebe gostosamente o teu vinho, porque Deus já aceitou tuas obras.
Que tuas vestes sejam brancas em todo tempo e nunca falte perfume sobre a tua cabeça.
Desfruta a vida com a mulher amada em todos os dias da vida de vaidade que Deus te concede debaixo do sol, todos os teus dias de vaidade, porque esta é a tua porção na vida e no trabalho com que te afadigas debaixo do sol.

> *Eclesiastes, 9. Para Coélet, o homem não é a medida de todas as coisas, mas isto não significa que ele deva se encerrar em uma recusa do mundo em que vive.*

Ricos e indigentes, todos juntos

Ouvi isto, todos os povos, dai ouvidos, habitantes todos do mundo, gente do povo, homens de condição, ricos e indigentes, todos juntos!
Minha boca fala com sabedoria e meu coração medita a inteligência; inclino meu ouvido a um provérbio e sobre a lira resolvo meu enigma.

Salmo 49

❧

SE O TEU CORAÇÃO É SÁBIO...

Meu filho, se o teu coração é sábio, meu coração também se alegrará, e os meus rins festejarão quando teus lábios falarem com retidão.
Ouve, meu filho, e torna-te sábio, e dirige o teu coração pelo caminho.

Provérbios, 23

❧

NÃO ESQUEÇAS AS DORES DE TUA MÃE

Tens filhos? Educa-os, e desde a infância faze-os dobrar o pescoço.
Tens filhas? Cuida dos seus corpos e a elas não mostres face indulgente.
Casa a tua filha e terás concluído uma grande tarefa, mas entrega-a a um homem sensato.
Tens uma mulher segundo o teu coração? Não a repudies.
Honra o teu pai de todo o coração e não esqueças as dores de tua mãe.

Eclesiástico, 7

Feliz o homem

Feliz o homem que não vai ao conselho dos ímpios, não pára no caminho dos pecadores, nem se assenta na roda dos zombadores. Pelo contrário: seu prazer está na lei de Yaveh, e medita sua lei, dia e noite.

Ele é como árvore plantada junto d'água corrente: dá fruto no tempo devido e suas folhas nunca murcham; tudo o que ele faz é bem sucedido.

Salmo 1. Unidos na oração, a sinagoga e a igreja recitam, cantam e meditam a cada hora do dia o livro dos Salmos, diálogo permanente da humanidade com Deus. Neles se exprimem a sede de compreender os mistérios da Criação, o pedido de socorro do homem diante do mal e, com maior freqüência, o louvor e a alegria de viver.

Como outrora

Filhos de Sião, exultai, alegrai-vos em Yaveh, vosso Deus! Porque ele vos deu a chuva do outono, conforme a justiça, e fez cair sobre vós a chuva, a chuva do outono e a chuva da primavera, como outrora.

As eiras estão cheias de trigo, as tinas transbordam de vinho e de óleo novo.

Joel, 2

Prece do jovem Davi

Eu era o mais jovem entre meus irmãos, o mais jovem da casa de meu pai. Levava o rebanho de meu pai para pastar. Minhas mãos fabricaram uma flauta, meus dedos confeccionaram uma harpa. Quem o anunciará a meu Senhor? O próprio Senhor em pessoa ouve. Enviou seu mensageiro, pegou-me no meio do rebanho de meu pai e untou-me com seu óleo. Meus irmãos eram belos e fortes e, contudo, o Senhor não lhes deu preferência.

> *Prece encontrada em Qûmran. Em 1947, foram descobertos nesse sítio do deserto de Judá os a partir de então célebres manuscritos do mar Morto, que restituíam ao mundo — entre outros — manuscritos da Bíblia que datavam do século I. Até então só se possuíam cópias desses textos que datavam do século X. A transmissão fora de uma fidelidade rigorosa durante um milênio.*

Não tenho outra esperança

Porei minha carne entre os meus dentes, levarei nas mãos minha vida. Ele pode me matar: mas não tenho outra esperança senão defender diante dele o meu caminho. Isto já seria minha salvação, pois o ímpio não ousaria comparecer diante dele.

Jó, 13

Consolai o meu povo

"Consolai, consolai o meu povo, diz o vosso Deus, falai ao coração de Jerusalém e dizei-lhe em alta voz que o seu serviço está cumprido, que a sua iniqüidade está expiada, que ela recebeu da mão de Yaveh paga dobrada por todos os seus pecados."

Uma voz clama: "No deserto, abri um caminho para Yaveh; na estepe, aplainai uma vereda para o nosso Deus. Seja entulhado todo vale, todo monte e toda colina sejam nivelados; transformem-se os lugares escarpados em planície, e as elevações, em largos vales. Então a glória de Yaveh há de revelar-se e toda carne, de uma só vez, o verá, pois a boca de Yaveh o afirmou."

Eis uma voz que diz: "Clama", ao que pergunto: "Que hei de clamar?" – "Toda carne é erva e toda a sua graça como a flor do campo. Seca-se a erva e murcha-se a flor, quando o vento de Yaveh sopra sobre elas; (com efeito, o povo é erva) seca-se a erva, murcha-se a flor, mas a palavra do nosso Deus subsiste para sempre."

Como um pastor apascenta ele o seu rebanho, com o seu braço reúne os cordeiros, carrega-os no seu regaço, conduz carinhosamente as ovelhas que amamentam.

Isaías, 40. Após o longo exílio na Babilônia, o povo da Judéia irá restaurar a Aliança com Deus, essa voz "que clama no deserto" e que eles continuam a não ouvir. Tampouco ouvirão João Batista, que lhes anuncia nos mesmos termos a vinda do Messias.

❦

Bendita seja a tua fonte

Bendita seja a tua fonte, goza com a esposa a tua juventude: cerva querida, gazela formosa; que te embriaguem sempre as suas carícias, e o seu amor te satisfaça sem cessar!

Provérbios, 5

❦

Vinde ver

Aclamai a Deus, terra inteira, cantai a glória do seu nome, dai glória ao seu louvor.
Dizei a Deus: "Quão terríveis são tuas obras!
Por causa do teu imenso poder teus inimigos te adulam; a terra toda se prostra à tua frente, cantando salmos a ti, cantando ao teu nome!"
Vinde ver os atos de Deus, seus atos terríveis pelos filhos de Adão.
É ele que nos mantém vivos e não deixa tropeçarem nossos pés.
Sim, ó Deus, tu nos provaste, nos refinaste como se refina a prata.
Deixaste um mortal cavalgar nossas cabeças; passamos pelo fogo e pela água, mas fizeste-nos retomar o fôlego.
Bendito seja Deus que não afastou minha súplica, nem de mim apartou seu amor.

Salmo 66

Exultemos

Vinde, exultemos em Yaveh, aclamemos o Rochedo que nos salva; entremos com louvor em sua presença, vamos aclamá-lo com músicas.

Ele tem nas mãos as profundezas da terra, e dele são os cumes das montanhas; é dele o mar, pois foi ele quem o fez, e a terra firme, que plasmaram suas mãos.

Sim, é ele o nosso Deus e nós o povo do seu pasto, o rebanho de sua mão.

Oxalá ouvísseis hoje a sua voz! "Não endureçais vossos corações como em Meriba, como no dia de Massa, no deserto."

Salmo 95

Vem, meu amado

Eu sou do meu amado, seu desejo o traz a mim.

Vem, meu amado, vamos ao campo, pernoitemos sob os cedros; madrugaremos pelas vinhas, vejamos se a vinha floresce, se os botões estão se abrindo, se as romeiras vão florindo: lá te darei meu amor...

Cântico dos cânticos, 7

Ninguém é senhor de nada

Pois há um tempo e um julgamento para todo propósito. A infelicidade do homem é grande, pois ele não sabe o que vai acontecer: quem pode anunciar-lhe como há de ser? Homem algum é senhor do vento, para reter o vento; ninguém é senhor do dia da morte, e nessa guerra não há trégua; nem mesmo a maldade deixa impune quem a comete. Vi essas coisas todas ao aplicar o coração a tudo o que se faz debaixo do sol, enquanto um homem domina outro homem, para arruiná-lo.

Vi também levarem ímpios à sepultura; quando saem do lugar santo, esquecem-se de como eles tinham agido na cidade. Isso também é vaidade.

Eclesiastes, 8

❧

Bênção

Felizes todos os que temem a Yaveh e andam em seus caminhos!
Do trabalho de tuas mãos comerás, tranqüilo e feliz: tua esposa será vinha fecunda, no recesso do teu lar; teus filhos, rebentos de oliveira, ao redor de tua mesa. Assim vai ser abençoado o homem que teme a Yaveh. Que Yaveh te abençoe de Sião, e verás a prosperidade de Jerusalém todos os dias de tua vida; e verás os filhos de teus filhos.

O salmo 128 é uma bênção muito antiga pronunciada por ocasião do casamento.

Prece de Tobias e Sara

Entretanto, os pais tinham saído e fechado a porta do quarto. Então Tobias levantou-se do leito e disse a Sara: "Levanta-te, minha irmã! Oremos e peçamos a nosso Senhor que tenha compaixão de nós e nos salve."

Ela se levantou e começaram a orar e a pedir para obterem a salvação. Ele começou dizendo: "Bendito sejas tu, Deus de nossos pais, e bendito seja teu Nome por todos os séculos dos séculos! Tu criaste Adão e para ele criaste Eva, sua mulher, para ser seu sustentáculo e amparo, e para que de ambos derivasse a raça humana. E agora, não é por desejo impuro que tomo esta minha irmã, mas com reta intenção. Digna-te ter piedade de mim e dela e conduzir-nos juntos a uma idade avançada!"

> *Tobias, 8. O casamento e o amor dos esposos simbolizam a Aliança de Deus com os humanos; esse fragmento do livro de Tobias é uma prece dos noivos que muitas vezes é proferida durante a celebração do casamento.*

❧

Não te fatigues por adquirir a riqueza, não apliques nisso a tua inteligência. Nela pousam teus olhos, e ela não existe mais, pois certamente fará asas para si, como águia, e voará pelos céus.

Provérbios, 23

❧

Que o rei se apaixone por tua beleza

Ouve, ó filha, vê e inclina teu ouvido: esquece o teu povo e a casa do teu pai, que o rei se apaixone por tua beleza: prostra-te à sua frente, pois ele é o teu senhor! A filha de Tiro alegrará teu rosto com seus presentes, e os povos mais ricos com muitas jóias cravejadas de ouro.
Vestida com brocados, a filha do rei é levada para dentro, até o rei, com séqüito de virgens. Introduzem as companheiras a ela destinadas, e com júbilo e alegria elas entram no palácio. Em lugar de teus pais virão teus filhos, e os farás príncipes sobre a terra toda.
Vou comemorar teu nome de geração em geração, e os povos te louvarão para sempre e eternamente.

Salmo 45

❧

O JUSTO BROTA

Tu me dás o vigor de um touro e espalhas óleo novo sobre mim; meu olho vê aqueles que me espreitam, meus ouvidos escutam os malfeitores.
O justo brota como a palmeira, cresce como um cedro no Líbano. Plantados na casa de Yaveh, brotam nos átrios do nosso Deus.
Eles dão fruto mesmo na velhice, são cheios de seiva e verdejantes, para anunciar que Yaveh é reto: meu Rochedo, nele não há injustiça.

Salmo 92

Por quê?

Por que não morri ao deixar o ventre materno, ou pereci ao sair das entranhas?
Por que me recebeu um regaço e seios me deram de mamar?
Agora dormiria tranqüilo, descansaria em paz, com os reis e os ministros da terra que construíram suas moradias em lugares desolados.
Que eu fosse como um aborto escondido, que não existisse agora, como crianças que não viram a luz.
Ao homem que não encontra seu caminho, porque Deus o cercou de todos os lados?
Vivo sem paz e sem descanso, eu não repouso: o que vem é a agitação!

Jó, 3

❖

Louvai-o, sol e lua, louvai-o, astros todos de luz.

Salmo 148

❖

Filho

Filho, cuida de teu pai na velhice, não o desgostes em vida. Mesmo se a sua inteligência faltar, sê indulgente com ele, não o menosprezes. Pois uma caridade feita a um pai não será esquecida.

> *Eclesiástico, 3. A velhice e suas enfermidades são muitas vezes descritas com melancolia, mas a idade avançada também é um sinal da ternura de Deus.*

Converte-te ao Senhor

O Senhor criou o homem da terra e a ela o faz voltar novamente. Deu aos homens número preciso de dias e tempo determinado, deu-lhes poder sobre tudo o que está sobre a terra.

Revestiu-os de força como a si mesmo, criou-os à sua imagem.

Dotou-os de língua, olhos, ouvidos e lhes deu um coração para pensar.

Encheu-os de conhecimento e inteligência e mostrou-lhes o bem e o mal.

Pôs sua luz nos seus corações, para lhes mostrar a grandeza de suas obras.

Concedeu-lhes o conhecimento, repartiu com eles a lei da vida.

Fez com eles uma aliança eterna e deu-lhes a conhecer seus julgamentos.

Levantar-se-á depois para dar-lhes a recompensa, aos que se arrependem ele concede o retorno, reconforta os que perderam a esperança.

Converte-te ao Senhor, suplica diante de sua face.

O que tem vida e saúde glorifica o Senhor.

Os homens são apenas terra e cinza.

Eclesiástico, 17

❖

Não me abandones velho e encanecido

Ó Deus, tu me ensinaste desde a minha juventude, e até aqui eu anuncio tuas maravilhas.
E agora, velho e encanecido, não me abandones, ó Deus, até que eu anuncie teu braço às gerações futuras, teu poder e tua justiça, ó Deus, até às nuvens!
Tu realizaste coisas grandiosas: ó Deus, quem é como tu?
Fizeste-me ver tantas angústias e males, tu voltarás para dar-me vida, voltarás para tirar-me dos abismos da terra, aumentarás minha grandeza, e me consolarás de novo.
Quanto a mim, celebrar-te com a cítara, por tua verdade, meu Deus; vou tocar harpa em tua honra, ó Santo de Israel!
Que meus lábios exultem, quando eu tocar para ti, e também minha vida, porque a resgataste! Também minha língua todo o dia medita a tua justiça, pois foram envergonhados e confundidos os que buscam o mal contra mim!

Salmo 71

Que eu não adormeça na morte

Até quando me esquecerás, Yaveh? Para sempre?
Até quando esconderás de mim a tua face?
Até quando terei sofrimento dentro de mim e tristeza no coração, dia e noite?
Até quando vai triunfar meu inimigo?
Atenta, Yaveh meu Deus! Responde-me!
Ilumina meus olhos, para que eu não adormeça na morte.
Que meu inimigo não diga: "Venci-o!", e meus opressores não exultem com meu fracasso.
Quanto a mim, eu confio no teu amor! Meu coração exulte com a tua salvação. Vou cantar a Yaveh pelo bem que me fez, vou tocar ao nome de Yaveh, o Altíssimo!

Salmo 13

❧

Eu vos salvarei

Até a vossa velhice continuo o mesmo, até vos cobrirdes de cãs continuo a carregar-vos: eu vos criei e eu vos conduzirei, eu vos carregarei e vos salvarei.

Isaías, 46

❧

Mais vale um homem lento para a ira do que um herói.

Provérbios, 16

Perdoai-nos

Se nossas faltas testemunham contra nós, age, Yaveh, por causa do teu Nome! Porque nossas rebeliões foram inúmeras, nós pecamos contra ti.
Esperança de Israel, Yaveh, seu salvador no tempo da desgraça, por que és como um estrangeiro na terra, como um viajante que passa uma noite?
Por que és como um homem consternado, como um guerreiro que não pode salvar?
Mas tu estás em nosso meio, Yaveh, e teu Nome é invocado sobre nós.
Não nos abandones!

Jeremias, 14. Jeremias pede perdão a Deus pelos pecados do povo.

Liberta a vida

Eis que o olho de Yaveh está sobre os que o temem, sobre aqueles que esperam seu amor, para da morte libertar a sua vida e no tempo da fome fazê-los viver.

Salmo 33

❧

Realizas maravilhas?

Yaveh, eu te invoco todo o dia, estendendo as mãos para ti.
Realizas maravilhas pelos mortos?
As sombras se levantaram para te louvar?
Falam do teu amor nas sepulturas, da tua fidelidade no lugar da perdição?
Conhecem tuas maravilhas na treva, e tua justiça na terra do esquecimento?
Quanto a mim, Yaveh, eu grito a ti, minha prece chega a ti pela manhã; por que me rejeitas, Yaveh, e escondes tua face longe de mim?
Sou infeliz e moribundo desde a infância, sofri teus horrores, estou esgotado; passaram sobre mim teus furores, teus terrores me deixaram aniquilado.
Tu afastas de mim meus próximos e amigos, a treva é a minha companhia.

Salmo 88

Quem subiu ao céu?

Quem subiu ao céu, e de lá desceu?
Quem encerrou o vento no punho?
Quem amarrou o mar numa túnica?
Quem fixou os limites do orbe?
Qual é o seu nome, e o nome do seu filho, se é que o sabes?
Não acrescentes nada às suas palavras, porque te responderá, e passarás por mentiroso. Não me dês nem riqueza nem pobreza, concede-me o meu pedaço de pão; não seja eu saciado, e te renegue, dizendo: "Quem é o Senhor?" Não seja eu necessitado e roube e blasfeme o nome de meu Deus.

Provérbios, 30

Um amigo fiel

Um amigo fiel é um poderoso refúgio, quem o descobriu, descobriu um tesouro.
Um amigo fiel não tem preço, é imponderável o seu valor.
Um amigo fiel é um bálsamo vital e os que temem o Senhor o encontrarão.
Aquele que teme ao Senhor faz amigos verdadeiros, pois tal como ele é, assim é seu amigo.

Eclesiástico, 6

Mil anos são como um dia

Pois mil anos são aos teus olhos como o dia de ontem que passou, uma vigília dentro da noite!

Tu os inundas com sono, eles são como erva que brota de manhã: de manhã ela germina e brota, de tarde ela murcha e seca.

Sim, por tua ira nós somos consumidos, ficamos transtornados pelo teu furor. Colocaste nossas faltas à tua frente, nossos segredos sob a luz da tua face.

Nossos dias todos passam sob tua cólera, como um suspiro consumimos nossos anos.

Quem conhece a força de tua ira, e, temendo-te, conhece teu furor?

Volta, Yaveh! Até quando? Tem piedade dos teus servos!

Sacia-nos com teu amor pela manhã, e, alegres, exultaremos nossos dias todos.

Que tua obra se manifeste aos teus servos, e teu esplendor esteja sobre nossos filhos!

Que a bondade do Senhor esteja sobre nós! Confirma a obra de nossas mãos!

Salmo 90

❧

Vou despertar a aurora

Vou despertar a aurora!
Quero louvar-te entre os povos, Senhor, tocar para ti em meio às nações; pois teu amor é grande até o céu, e tua verdade chega às nuvens.

Salmo 57

❧

Quão amarga é a tua lembrança

Ó morte, quão amarga é a tua lembrança para o homem que vive em paz em meio a seus bens, para o homem seguro e afortunado em tudo e ainda com forças para saborear alimentos.

Eclesiástico, 41

❧

Delícias à tua direita, perpetuamente

Yaveh, minha parte na herança e minha taça, és tu que garantes a minha porção; o cordel mediu para mim um lugar delicioso, sim, é magnífica a minha herança.
Bendigo a Yaveh que me aconselha, e, mesmo à noite, meus rins me instruem. Coloco Yaveh à minha frente sem cessar, com ele à minha direita eu nunca vacilo.
Por isso meu coração se alegra, minhas entranhas exultam e minha carne repousa em segurança.
Ensinar-me-ás o caminho da vida, cheio de alegrias em tua presença e delícias à tua direita, perpetuamente.

> *Salmo 16. A invencível esperança que habita o homem, da antiga à nova aliança, é descoberta nessas preces em que ele se abandona à doce piedade de Deus, que lhe abre as portas do céu aqui embaixo, na terra, e, mais tarde, ainda e sempre misteriosamente, para a eternidade.*

❧

Tua sentença é bem-vinda

Ó morte, tua sentença é bem-vinda para o miserável e privado de suas forças, para quem chegou a velhice avançada, agitado por preocupações, descrente e sem paciência.

Eclesiástico, 41

❧

Deus não fez a morte

Não procureis a morte com vossa vida extraviada, não vos proporcioneis a ruína com as obras de vossas mãos. Pois Deus não fez a morte nem tem prazer em destruir os viventes.
Tudo criou para que subsista; são salutares as criaturas do mundo: nelas não há veneno de morte, e o Hades não reina sobre a terra. Porque a justiça é imortal.

Sabedoria, 1

Em paz

A vida dos justos está nas mãos de Deus, nenhum tormento os atingirá.

Aos olhos dos insensatos pareceram morrer; sua partida foi tida como uma desgraça, sua viagem para longe de nós como um aniquilamento, mas eles estão em paz.

Aos olhos humanos pareciam cumprir uma pena, mas sua esperança estava cheia de imortalidade; por um pequeno castigo receberão grandes favores. Deus os colocou à prova e os achou dignos de si.

Os que nele confiam compreenderão a verdade, e os que são fiéis permanecerão junto a ele no amor, pois graça e misericórdia são para seus santos, e sua visita é para seus eleitos.

Sabedoria, 3

❧

Perante ele se curvarão todos

Salva-me da goela do leão, dos chifres do búfalo minha pobre vida!
Vós que temeis a Yaveh, louvai-o!
Sim, pois ele não desprezou, não desdenhou a pobreza do pobre, nem lhe ocultou sua face, mas ouviu-o, quando a ele gritou.
Perante ele se curvarão todos os que descem ao pó; e por quem não vive mais, sua descendência o servirá e anunciará o Senhor à geração que virá, contando a sua justiça ao povo que vai nascer: ele a realizou!

Salmo 22

Quem poderá resistir-lhe?

Sei muito bem que é assim: mas como poderia o homem justificar-se diante de Deus?
Se Deus se dignar pleitear com ele, entre mil razões não haverá um para rebatê-lo.
Quem entre os mais sábios e mais fortes poderá resistir-lhe impunemente?
Ele desloca as montanhas, sem que se repare, e derruba-as em sua ira; manda ao sol que não brilhe, e guarda sob sigilo as estrelas; sozinho desdobra os céus e caminha sobre o dorso do Mar.
Se cruzar por mim, não posso vê-lo, se passar roçando-me, quem lhe arrebatará?
Quem lhe dirá: "Que fazes aí?"
Quanto menos poderei eu replicar-lhe ou escolher argumentos contra ele?

Jó, 9

※

Meus tempos estão em tua mão

Tem piedade de mim, Yaveh, pois estou oprimido.
A dor me consome os olhos, a garganta e as entranhas.
Eis que minha vida se consome em tristeza e meus anos em gemidos; meu vigor se enfraquece em miséria e meus ossos se consomem.
Os que me vêem na rua fogem para longe de mim; fui esquecido, como um morto aos corações, estou como um objeto perdido.
Ouço as calúnias de muitos, o terror me envolve! Eles conspiram juntos contra mim, projetando tirar-me a vida.
Quanto a mim, Yaveh, eu confio em ti, e digo: Tu és o meu Deus!
Meus tempos estão em tua mão.

Salmo 31

Faze brilhar tua face sobre o teu servo

Faze brilhar tua face sobre o teu servo, salva-me por teu amor!

Yaveh, como é grande a tua bondade! Tu a reservas para os que temem a ti, e a concedes para os que em ti se abrigam, diante dos filhos de Adão.

Quanto a mim, na minha ânsia eu dizia: "Fui excluído para longe dos teus olhos!"

Tu, porém, ouvias minha voz suplicante, quando eu gritava a ti.

Sede firmes, fortalecei vosso coração, vós todos que esperais em Yaveh!

Salmo 31

Tu me libertaste

Tende piedade de mim, ó Deus, pois me atormentam,
o dia todo me oprime um combatente.
Os que me espreitam o dia todo me atormentam,
são muitos os que do alto me combatem.
No dia em que eu temo, eu confio em ti.
Em Deus, cuja palavra eu louvo,
em Deus eu confio: jamais temerei!
O que pode um mortal fazer contra mim?
Mantenho os votos que a ti fiz, ó Deus,
cumprirei a ti as ações de graças;
pois livraste minha vida da morte,
para que eu ande na presença de Deus,
na luz dos vivos.

Salmo 56

Prece de esperança de um "afogado na vida"

Salva-me, ó Deus, pois a água está subindo ao meu pescoço.
Estou afundando num lodo profundo, sem nada que me afirme; estou entrando no mais fundo das águas, e a correnteza me arrastando...
Esgoto-me de gritar, minha garganta queima, meus olhos se consomem esperando por meu Deus.
Mais que os cabelos da minha cabeça são os que me odeiam sem motivo.
É por tua causa que eu suporto insultos, que a confusão me cobre o rosto, que me tornei um estrangeiro aos meus irmãos, um estranho para os filhos de minha mãe.
Tira-me da lama, para que eu não afunde, e fique liberto dos que me odeiam e do mais fundo das águas.
Esperei por compaixão e nada!
Por consoladores, e não os encontrei!
Quanto a mim, pobre e ferido, que tua salvação, ó Deus, me proteja!
Os pobres vêem e se alegram:
vós, que buscais Deus, que o vosso coração viva!
Porque o Senhor ouve os indigentes, nunca rejeita seus cativos.

Salmo 69

※

A sorte se joga na orla da veste, mas de Yaveh depende o julgamento.

Provérbios, 16

※

Tu me fazes conhecer agora o que de ti havíamos implorado

Ele revela as profundezas e os segredos, ele conhece o que está nas trevas e junto dele habita a luz.
A ti, Deus de meus pais, dou graças e te louvo por me teres concedido a sabedoria e a força: tu me fazes conhecer agora o que de ti havíamos implorado, e o enigma do rei no-lo dás a conhecer.

Daniel, 2. Prece do profeta Daniel para agradecer a Deus por ter-lhe revelado durante o sono a interpretação do sonho do rei Nabucodonosor.

Ouve a minha prece

Ouve a minha prece, Yaveh, que o meu grito chegue a ti!
Não escondas a tua face de mim no dia da minha angústia; inclina o teu ouvido para mim, no dia em que te invoco, responde-me depressa!
Pois meus dias se consomem em fumaça, como braseiro queimam meus ossos; pisado como relva, meu coração está secando, até mesmo de comer meu pão eu me esqueço; por causa da violência do meu grito os ossos já se apegam à minha pele.
Porém tu, Yaveh, estás entronizado para sempre, e tua lembrança passa de geração em geração!
Tu te levantarás, enternecido por Sião, pois é tempo de teres piedade dela.

Salmo 102

Eu te amo

Eu te amo, Yaveh, minha força.
Yaveh é minha rocha e minha fortaleza, quem me liberta é o meu Deus.
Nele me abrigo, meu rochedo, meu escudo e minha força salvadora, minha torre forte e meu refúgio.
As ondas da Morte me envolviam, as torrentes de Belial me aterravam, cercavam-me os laços do Xeol, as ciladas da Morte me atingiam.
Na minha angústia invoquei a Yaveh, ao meu Deus lancei o meu grito; do seu templo ele ouviu minha voz, meu grito chegou aos seus ouvidos.
Yaveh, tu és minha lâmpada; meu Deus, ilumina minha treva.
Tu me livras das querelas do meu povo, e me colocas como chefe das nações.
Por isso eu te louvo entre as nações, Yaveh, e toco em honra do teu nome.

Salmo 18

Yaveh está perto

Em ti esperam os olhos de todos e no tempo certo tu lhes dás o alimento.
Yaveh é justo em seus caminhos todos, e fiel em todas as suas obras; está perto de todos os que o invocam, de todos os que o invocam sinceramente.

Salmo 145

Bendize a Yaveh

Bendize a Yaveh, ó minha alma, e tudo o que há em mim ao seu nome santo!
Bendize a Yaveh, ó minha alma, e não esqueças nenhum dos seus benefícios.
É ele quem perdoa tua culpa toda e cura todos os teus males.
É ele quem redime tua vida da cova e te coroa de amor e compaixão.
É ele quem sacia teus anos de bens e, como a da águia, tua juventude se renova.
Yaveh realiza atos justos, fazendo justiça a todos os oprimidos.
Yaveh é compaixão e piedade, lento para a cólera e cheio de amor.
Como um pai é compassivo com seus filhos, Yaveh é compassivo com aqueles que o temem; porque ele conhece nossa estrutura, ele se lembra do pó que somos nós.
O homem!... seus dias são como a relva: ele floresce como a flor do campo.
Bendize a Yaveh, ó minha alma!

Salmo 103

ELE OS GUIOU AO PORTO

Eles erravam pelo deserto solitário, sem achar caminho para uma cidade habitada; estavam famintos e sedentos, a vida já os abandonava.

E gritaram a Yaveh na sua aflição: ele os livrou de suas angústias e os encaminhou pelo caminho certo, para irem a uma cidade habitada.

Celebrem a Yaveh, por seu amor, por suas maravilhas pelos filhos de Adão.

Ele os livrou de suas angústias, tirou-os das sombras e trevas e rebentou seus grilhões.

Enviou sua palavra para curá-los, e da cova preservar a sua vida.

Transformou a tempestade em leve brisa e as ondas emudeceram.

Ele os guiou ao porto desejado.

Os corações retos vêem e ficam alegres.

Quem é sábio? Observe estas coisas, e saiba discernir o amor de Yaveh!

Salmo 107

Em justa medida

Eu sei, Yaveh, que não pertence ao homem o seu caminho, que não é dado ao homem que caminha dirigir os seus passos!
Corrige-me, Yaveh, mas em justa medida, não em tua ira, para que não me tornes pequeno demais.
Derrama o teu furor sobre as nações que não te conhecem, e sobre as famílias que não invocam o teu nome. Porque elas devoraram Jacó, devoraram-no e acabaram com ele, elas devastaram o seu território.

Jeremias, 10. Jeremias, para pedir a paz.

Yaveh abre os olhos

Yaveh liberta os prisioneiros, Yaveh abre os olhos dos cegos. Yaveh protege o estrangeiro, sustenta o órfão e a viúva; Yaveh ama os justos, mas transtorna o caminho dos ímpios. Yaveh reina para sempre, teu Deus, ó Sião, de geração em geração!

Salmo 146

❧

Que difíceis são teus projetos

Para onde ir, longe do teu sopro?
Para onde fugir, longe da tua presença?
Se subo aos céus, tu lá estás; se me deito no Xeol, aí te encontro.
Se eu dissesse: "Ao menos a treva me cubra, e a noite seja um cinto ao meu redor" – mesmo a treva não é treva para ti, tanto a noite como o dia iluminam.
Mas, a mim, que difíceis são teus projetos, Deus meu, como sua soma é grande!
Se os conto... são mais numerosos que areia!
E, se me desperto, ainda estou contigo!

Salmo 139

❖

Lembro-me

Lembra-te da tua palavra ao teu servo, na qual tu me fazes esperar.
Esta é a minha consolação na minha miséria: a tua promessa me dá vida.
Os soberbos caçoam de mim à vontade, mas eu não me desvio de tua lei.
Recordo tuas normas de outrora, Yaveh, e me consolo.
Fiquei enfurecido frente aos ímpios que abandonam tua lei.
Teus estatutos são cânticos para mim, na minha casa de peregrino.
Lembro-me do teu nome pela noite, Yaveh, e observo tua lei.
Esta é a parte que me cabe: observar os teus preceitos.

Salmo 119

Quem o pode glorificar?

Que vossos louvores exaltem o Senhor, conforme podeis, porque ele vos excede.
Para o exaltar desdobrai vossas forças, não vos canseis, porque nunca chegareis ao fim.
Quem o viu para que o possa descrever?
Quem o pode glorificar como ele merece?
Ainda há muitos mistérios maiores do que esses, pois não vimos senão um pouco de suas obras.
Porque foi o Senhor que criou tudo e aos homens piedosos deu a sabedoria.

Eclesiástico, 43

Que é o homem?

A ninguém foi dado o poder de anunciar suas obras e quem investigará as suas grandezas?
Quem poderá medir a potência de sua majestade, e quem chegará a narrar suas misericórdias?
Aí não há nada a tirar nem a acrescentar, e ninguém é capaz de investigar as maravilhas do Senhor.
Quando um homem acabou, então é que começa, e quando pára, fica perplexo.
Que é o homem? Para que é útil?
Qual é seu bem e qual é seu mal?
Por isso o Senhor os trata com paciência e sobre eles derrama a sua misericórdia.

Eclesiástico, 18

Sabedoria

Toda sabedoria vem do Senhor, ela está junto dele desde sempre.
A areia do mar, os pingos da chuva, os dias da eternidade, quem os poderá contar?
A altura do céu, a amplidão da terra, a profundeza do abismo, quem as poderá explorar?
Ele a criou, a viu, a enumerou e a difundiu em todas as suas obras.

Eclesiástico, 1

❧

Vem procurar o teu servo

Que meu grito chegue à tua presença, Yaveh, dá-me discernimento, conforme tua palavra!
Que minha súplica chegue à tua presença, liberta-me, conforme tua promessa!
Que meus lábios publiquem o louvor, pois tu me ensinas os teus estatutos.
Que minha língua cante a tua promessa, pois teus mandamentos todos são justiça.
Que a tua mão venha socorrer-me, pois escolhi teus preceitos.
Desejo tua salvação, Yaveh, e minhas delícias estão em tua lei.
Que eu possa viver para te louvar, e tuas normas venham socorrer-me.
Eu me desvio como ovelha perdida: vem procurar o teu servo!
Sim, eu nunca me esqueço dos teus mandamentos!

Salmo 119

A TI ESTENDO MEUS BRAÇOS

A ti estendo meus braços, minha vida é terra sedenta de ti.
Responde-me depressa, Yaveh!
Não escondas tua face de mim.
Indica-me o caminho a seguir, pois eu me elevo a ti.

Salmo 143

SONDA-ME

Yaveh, tu me sondas e conheces: de longe penetras o meu pensamento; meus caminhos todos são familiares a ti.
A palavra ainda não me chegou à língua, e tu, Yaveh, já a conheces inteira.
Se subo aos céus, tu lá estás; se me deito no Xeol, aí te encontro.
Mesmo a treva não é treva para ti, tanto a noite como o dia iluminam.
Sonda-me, ó Deus, e conhece o meu coração!

Salmo 139

Cura-me

Cura-me, Yaveh, e eu serei curado, salva-me e eu serei salvo, porque tu és o meu louvor!
Eis que eles me dizem: Onde está a palavra de Yaveh? Que ela se realize.
Eu não me acheguei a ti para o mal e não desejei o dia fatal, tu o sabes; o que sai de meus lábios está aberto diante de ti.
Não sejas para mim motivo de pavor, tu que és meu refúgio no dia da tribulação.
Que se envergonhem os meus perseguidores, mas que eu não me envergonhe!
Que eles sejam amedrontados, mas que eu não seja amedrontado!

Jeremias, 17. Jeremias, para se livrar de seus perseguidores.

Aleluia!

Aleluia!
Eu amo a Yaveh, porque ele ouve minha voz suplicante, ele inclina seu ouvido para mim no dia em que eu o invoco.

Salmo 116

Endireita todos os curvados

Yaveh é verdade em suas palavras todas, amor em todas as suas obras;
Yaveh ampara todos os que caem e endireita todos os curvados.
Em ti esperam os olhos de todos, e no tempo certo tu lhes dás o alimento.
Yaveh está perto de todos os que o invocam, de todos os que o invocam sinceramente.
Realiza o desejo dos que o temem, ouve seu grito e os salva.
Yaveh guarda todos os que o amam, mas vai destruir todos os ímpios.
Que minha boca diga o louvor de Yaveh e toda carne bendiga seu nome santo, para sempre e eternamente!

Salmo 145

Não me condenes

Já que tenho tédio à vida, darei livre curso ao meu lamento, desafogando a amargura da minha alma.

Direi a Deus: Não me condenes, explica-me o que tens contra mim.

Acaso te agrada oprimir-me, desdenhar a obra de tuas mãos e favorecer o conselho dos ímpios? Porventura tens olhos de carne, ou vês como vêem os homens? Acaso são os teus dias como os de um mortal e teus anos como os dias do homem?

Tuas mãos me formaram e me modelaram, e depois te volves a mim para aniquilar-me? Lembra-te de que me fizeste de barro, e agora me farás voltar ao pó?

De pele e carne me revestiste, de ossos e de nervos me teceste. Deste-me a vida e o amor, e tua solicitude me guardou.

Quão poucos são os dias de minha vida!

Deixa de fixar-me, para que eu tenha um instante de alegria, antes de partir, sem nunca mais voltar, para a terra de trevas e sombras, para a terra soturna e sombria, de escuridão e desordem, onde a claridade é sombra.

Jó, 10

❦

Fera selvagem e o gado todo, réptil e pássaro que voa,
Louvem o nome de Yaveh.

Salmo 148

❦

Louvem o nome de Yaveh, pois ele mandou e foram criados; fixou-os eternamente, para sempre, deu-lhes uma lei que jamais passará.
Louvai a Yaveh na terra.

Salmo 148

Quando vejo o céu

Yaveh, Senhor nosso, quão poderoso é teu nome em toda a terra!
Ele divulga tua majestade sobre o céu.
Pela boca das crianças e bebês tu o firmaste, qual fortaleza, contra os teus adversários, para reprimir o inimigo e o vingador.
Quando vejo o céu, obra dos teus dedos, a lua e as estrelas que fixaste, que é um mortal, para dele te lembrares, e um filho de Adão, que venhas visitá-lo?
E o fizeste pouco menos do que um deus, coroando-o de glória e beleza. Para que domine as obras de tuas mãos sob seus pés tudo colocaste: ovelhas e bois, todos eles, e as feras do campo também; a ave do céu e os peixes do oceano que percorrem as sendas dos mares.
Yaveh, Senhor nosso, quão poderoso é teu nome em toda a terra!

Salmo 8. O Messias, enviado de Deus, é o Deus da alegria.

❧

Louvem o nome de Yaveh: é o único nome sublime.
Aleluia.

Salmo 148

❧

Para o teu repouso

Yaveh, lembra-te de Davi, de suas fadigas todas, do juramento que fez a Yaveh, do seu voto ao Poderoso de Jacó: "Não entrarei na tenda, minha casa, nem subirei à cama em que repouso, não darei sono aos meus olhos, nem descanso às minhas pálpebras, até que eu encontre um lugar para Yaveh, moradia para o Poderoso de Jacó."
Levanta-te, Yaveh, para o teu repouso, tu e a arca da tua força.

Salmo 132

❧

Yaveh protege os simples

Eu amo a Yaveh, porque ele ouve minha voz suplicante, ele inclina seu ouvido para mim no dia em que eu o invoco.
Cercavam-me laços de morte: caí em angústia e aflição.
Então invoquei o nome de Yaveh: "Ah! Yaveh, liberta minha vida!"
Yaveh protege os simples: eu fraquejava e ele me salvou.
Volta ao repouso, ó minha vida, pois Yaveh foi bondoso contigo: libertou minha vida da morte, meus olhos das lágrimas e meus pés de uma queda.
Caminharei na presença de Yaveh na terra dos vivos.

Salmo 116

❧

A estultícia alegra o que não tem juízo, o homem inteligente caminha direito.

Provérbios, 15

Tu restaura-me

Disse eu: No meio dos meus dias eu me vou. Para o resto dos meus anos ficarei postado às portas do Xeol. Eu disse: Não tornarei a ver Yaveh na terra dos viventes, já não contemplarei a ninguém entre os habitantes do mundo. A minha morada foi arrancada, removida para longe de mim, como uma tenda de pastores; como um tecelão enrolei a minha vida, da urdidura ele me separou.

Dia e noite me consumiste.

Clamei até o amanhecer, como um leão quebra ele todos os meus ossos; dia e noite tu me consumias.

Pipilo como a andorinha, gemo como a pomba; os meus olhos se cansam de olhar para o alto. Senhor estou oprimido, socorre-me!

Que falarei? Que hei de dizer-lhe?

Foi ele que o fez.

Caminharei todos os anos da minha vida curtindo a amargura da minha alma.

Tu restaura-me, faze-me viver. Com isto a minha amargura se transformou em bem-estar.

Os vivos, só os vivos é que te louvam, como estou fazendo hoje.

O pai dá a conhecer aos filhos a tua fidelidade.

Isaías, 38. Prece do rei Ezequias curado de uma doença mortal.

❧

Eu te farei experimentar a alegria

Eu disse a mim mesmo: Pois bem, eu te farei experimentar a alegria e conhecer a felicidade! Mas também isso é vaidade. Do riso eu disse: "Tolice", e da alegria: "Para que serve?" Ponderei seriamente entregar meu corpo ao vinho, mantendo meu coração sob a influência da sabedoria, e render-me à insensatez, para averiguar o que convém ao homem fazer debaixo do céu durante os dias contados da sua vida.
Então examinei todas as obras de minhas mãos e o trabalho que me custou para realizá-las, e eis que tudo era vaidade e correr atrás do vento, e nada havia de proveitoso debaixo do sol.

Eclesiastes, 2

❧

Tu existes e teus anos jamais findarão

Firmaste a terra há muito tempo, e o céu é obra de tuas mãos; eles perecem, mas tu permaneces. Tu existes, e teus anos jamais findarão!

Salmo 102

Tu és um refúgio para mim

Confessei a ti o meu pecado, e minha iniqüidade não te encobri; eu disse: "Vou a Yaveh confessar a minha iniqüidade!" E tu absolveste a minha iniqüidade, perdoaste o meu pecado.
Assim, todo fiel suplicará a ti no tempo da angústia.
Tu és um refúgio para mim, tu me preservas da angústia e me envolves com cantos de libertação.
Alegrai-vos em Yaveh, ó justos, e exultai, dai gritos de alegria, todos os de coração reto.

Salmo 32

A SABEDORIA É BOA

Não fiques irritado depressa. Não digas: "Por que os tempos passados eram melhores que os de agora?" Não é a sabedoria que te faz levantar essa questão. A sabedoria é boa como uma herança, e é vantajosa para aqueles que vêem o sol. Pois o abrigo da sabedoria é como o abrigo do dinheiro, e a vantagem do conhecimento é que a sabedoria faz viver os que a possuem.

Em tempo de felicidade, sê feliz, e no dia da desgraça reflete:

Deus fez tanto um como o outro, para que o homem nada encontre atrás de si.

Não sejas demasiadamente justo e nem te tornes sábio demais: por que irias te destruir?

Eclesiastes, 7

Ando o dia todo entristecido

Nada está ileso em minha carne, em tua ira, nada de são em meus ossos, em meu pecado.
Minhas iniqüidades ultrapassam-me a cabeça, como fardo pesado elas pesam sobre mim.
Estou curvado, inteiramente prostrado, ando o dia todo entristecido.
Senhor, à tua frente está o meu desejo todo, meu gemido não se esconde de ti; meu coração palpita, minha força me abandona, a luz dos meus olhos já não habita comigo.
É por ti, Yaveh, que eu espero! És tu quem responderá, Senhor meu Deus!
Não me abandones, Yaveh, meu Deus, não fiques longe de mim! Vem socorrer-me depressa, ó Senhor, minha salvação!

Salmo 38

Miserere

Tem piedade de mim, ó Deus, por teu amor!
Apaga minhas transgressões, por tua grande compaixão!
Lava-me inteiro da minha iniqüidade e purifica-me do meu pecado!
Pois reconheço minhas transgressões e diante de mim está sempre meu pecado; pequei contra ti, contra ti somente, pratiquei o que é mau aos teus olhos.
Eis que amas a verdade no fundo do ser, e me ensinas a sabedoria no segredo.
Faze-me ouvir o júbilo e a alegria, e dancem os ossos que esmagaste.
Ó Deus, cria em mim um coração puro, renova um espírito firme no meu peito.
Devolve-me o júbilo da tua salvação e que um espírito generoso me sustente.
Sacrifício a Deus é um espírito contrito, coração contrito e esmagado, ó Deus, tu não desprezas.

> Salmo 51. A cristandade medieval utilizava esse salmo para acompanhar os condenados à morte ao suplício, e os penitentes ao flagelo. Estranho desvio de um texto bíblico que celebra a alegria do perdão concedido por Deus.

Cântico dos hebreus libertados

Então, Moisés e os filhos de Israel entoaram este canto a Yaveh:

"Eu cantarei a Yaveh, porque se vestiu de glória; ele lançou ao mar o cavalo e o cavaleiro.

Yaveh é a minha força e meu canto, a ele devo a salvação. Ele é meu Deus, e o glorifico, o Deus do meu pai, e o exalto. Yaveh é um guerreiro, Yaveh é o seu nome!

Os carros de Faraó e suas tropas, ao mar ele lançou; a elite dos seus cavaleiros, o mar dos Juncos devorou: o abismo os recobriu, e caíram fundo, como pedra.

A tua destra, Yaveh, pela força se assinala; a tua destra, Yaveh, o inimigo estraçalha. Pela grandeza da tua glória destróis os teus adversários, desencadeias tua ira, que os devora como chama.

Ao sopro das tuas narinas as águas se amontoam, as ondas se levantam qual uma represa, e os abismos se retesam no coração do mar.

O inimigo dissera: 'Perseguirei, hei de alcançar, despojos eu terei e minha alma irá se alegrar, tirarei a minha espada e minha mão o prenderá!' O teu vento soprou e o mar os recobriu; caíram como chumbo nas águas profundas.

Quem é igual a ti, ó Yaveh, entre os fortes?

Levaste em teu amor este povo que redimiste, e o guiaste com poder para a morada que consagraste!

Yaveh reinará para sempre e eternamente."

Êxodo, 15. Esse canto, que celebra a libertação dos hebreus, escravos no Egito, evoca o nascimento de um povo novo, regenerado, saído das águas matriciais que o mantinham cativo. Evoca todas as libertações dos povos oprimidos que ocorreram na história. Serviu de enredo a muitos spirituals *dos negros entre os escravos negros americanos, o mais célebre sendo* Let my people go.

⁂

Responde-me depressa, Yaveh,
pois meu alento se extingue

Não entres em julgamento com teu servo, pois frente a ti nenhum vivente é justo!

Recordo os dias de outrora, em todo o teu agir eu medito, refletindo sobre a obra de tuas mãos. A ti estendo meus braços, minha vida é terra sedenta de ti.

Responde-me depressa, Yaveh, pois meu alento se extingue! Faze-me ouvir teu amor pela manhã, pois é em ti que eu confio; indica-me o caminho a seguir, pois eu me elevo a ti.

Por teu nome, Yaveh, tu me conservas, por tua justiça me tiras da angústia, por teu amor aniquilas meus inimigos e destróis meus adversários todos, porque eu sou um servo teu!

Salmo 143

CAMINHAREI NA PRESENÇA DE YAVEH

Cercavam-me laços de morte, eram redes de Xeol: caí em angústia e aflição. Então invoquei o nome de Yaveh: "Ah! Yaveh, liberta minha vida!"
Yaveh protege os simples: eu fraquejava e ele me salvou.
Caminharei na presença de Yaveh na terra dos vivos.

Salmo 116

QUE O CÉU SE ALEGRE

Que o céu se alegre! Que a terra exulte!
Estronde o mar, e o que ele contém!
Que o campo festeje, e o que nele existe!
As árvores da selva gritem de alegria, diante de Yaveh, pois ele vem,
pois ele vem para julgar a terra: ele vai julgar o mundo com justiça, e as nações com sua verdade.

Salmo 96

⊰⊱

Prece da lembrança do exílio
na Babilônia

À beira dos canais da Babilônia nos sentamos, e choramos com saudades de Sião; nos salgueiros que ali estavam penduramos nossas harpas.
Lá, os que nos exilaram pediam canções, nossos raptores queriam alegria: "Cantai-nos um canto de Sião!"
Como poderíamos cantar um canto de Yaveh numa terra estrangeira? Se eu me esquecer de ti, Jerusalém, que me seque a mão direita! Que me cole a língua ao paladar, caso eu não me lembre de ti, caso eu não eleve Jerusalém ao topo da minha alegria!

Salmo 137

⚜

Prece da volta dos exilados da Babilônia a Jerusalém

Quando Yaveh fez voltar os exilados de Sião, ficamos como quem sonha: a boca se nos encheu de riso, e a língua de canções...
Até entre as nações se comentava: "Yaveh fez grandes coisas por eles!" Yaveh fez grandes coisas por nós, por isso estamos alegres.
Yaveh, faze voltar nossos exilados, como torrentes pelo Negueb! Os que semeiam com lágrimas, ceifarão em meio a canções.
Vão andando e chorando ao levar a semente; ao voltar, voltam cantando, trazendo seus feixes.

Salmo 126

Juntos

Vede: como é bom, como é agradável habitar todos juntos, como irmãos.
É como óleo fino sobre a cabeça, descendo pela barba, a barba de Aarão, descendo sobre a gola de suas vestes.
É como o orvalho do Hermon, descendo sobre os montes de Sião; porque aí manda Yaveh a bênção, a vida para sempre.

Salmo 133. O povo da Judéia torna a encontrar a felicidade e celebra sua libertação.

Ouve, meu povo

Fala Yaveh, o Deus dos deuses, convocando a terra, do nascente ao poente. De Sião, beleza perfeita, Deus resplandece, o nosso Deus vem, e não se calará.
Do alto ele convoca o céu e a terra, para julgar o povo.
"Reuni junto a mim os meus fiéis, que selaram minha aliança com sacrifício!"
"Ouve, meu povo, eu vou falar, Israel, vou testemunhar contra ti. Eu sou Deus, o teu Deus! Não te acuso pelos teus sacrifícios, teus holocaustos estão sempre à minha frente; não vou tomar um novilho de tua casa, nem um cabrito dos teus apriscos; pois são minhas todas as feras da selva, e os animais nas montanhas, aos milhares; conheço as aves todas do céu, e o rebanho dos campos me pertence. Se eu tivesse fome não o diria a ti, pois o mundo é meu, e o que nele existe.
Oferece a Deus um sacrifício de confissão e cumpre teus votos ao Altíssimo; invoca-me no dia da angústia: eu te livrarei, e tu me glorificarás"

Salmo 50. Prece das mais comoventes da Bíblia. Deus tenta em vão convencer o homem que não responde a seu chamado.

A SABEDORIA NÃO ABANDONOU O JUSTO

A sabedoria não abandonou o justo vendido, mas o preservou do pecado; desceu com ele à cisterna e não o deixou em suas cadeias, e deu-lhe uma glória eterna.

Sabedoria, 10

VÓS QUE ESQUECEIS A DEUS

Ao ímpio, contudo, Deus declara:
"Que te adianta recitar meus preceitos e ter minha aliança na boca, uma vez que detestas a disciplina e rejeitas as minhas palavras?
Abres tua boca para o mal, e teus lábios tramam a fraude.
Sentas-te para falar contra teu irmão. Assim te comportas, e eu me calaria? Imaginas que eu seja como tu? Eu te acuso e exponho tudo aos teus olhos.
Considerai isto, vós que esqueceis a Deus, senão eu vos dilacero, e ninguém vos libertará! Quem oferece uma confissão me glorifica, e ao homem íntegro mostrarei a salvação de Deus."

Salmo 50

❧

Lembra-te

Os filhos de Efraim não guardaram a aliança de Deus, recusaram andar em sua lei; esqueceram-se de seus grandes feitos e das maravilhas que lhes mostrara.

Frente a seus pais ele realizou a maravilha, na terra do Egito, no campo de Tânis.

Dividiu o mar e os fez atravessar, barrando as águas como num dique. De dia guiou-os com a nuvem, e com a luz de um fogo toda a noite; fendeu rochedos pelo deserto e deu-lhes a beber como o grande Abismo; da pedra fez brotar torrentes e as águas desceram como rios.

Salmo 78. Os filhos de Efraim, do nome epônimo de uma das tribos de Israel.

❧

Ele os apascentou

Mas continuaram pecando contra ele.

Contudo, ordenou às nuvens do alto e abriu as portas do céu; para os alimentar fez chover o maná, deu para ele o trigo do céu; cada um comeu do pão dos Fortes; mandou-lhes provisões em fartura. Fez soprar no céu o vento leste, e com seu poder trouxe o vento sul.

Apesar disso, continuaram a pecar, não tinham fé em suas maravilhas: ele consumiu seus dias num sopro e seus anos num terror.

E o Senhor acordou como um homem que dormia, como um valente embriagado pelo vinho.

Elegeu a tribo de Judá e o monte Sião, que ele ama.

Construiu seu santuário como as alturas, como a terra que fundou para sempre.

Escolheu a Davi, seu servo, tirou-o do aprisco das ovelhas; da companhia das ovelhas fê-lo vir para apascentar Jacó, seu povo, e Israel, sua herança; ele os apascentou com coração íntegro e conduziu-os com mão sábia.

Salmo 78

❦

Cântico da subida a Jerusalém

Alegrei-me quando me disseram: "Vamos à casa de Yaveh!"
Nossos passos já se detêm às tuas portas, Jerusalém!
Jerusalém, construída como cidade em que tudo está ligado, para onde sobem as tribos, as tribos de Yaveh, é uma razão para Israel celebrar o nome de Yaveh.
Pois ali estão os tronos da justiça, os tronos da casa de Davi.
Pedi a paz para Jerusalém: "Que tuas tendas repousem, haja paz em teus muros e repouso em teus palácios!"
Por meus irmãos e meus amigos eu desejo: "A paz esteja contigo!"
Pela casa de Yaveh nosso Deus eu peço: "Felicidade para ti!"

> Salmo 122. Alegre, feliz e versátil, o povo da Judéia celebra a subida de uma peregrinação a Jerusalém, festa sem futuro. Os exilados da Babilônia iriam lembrá-la com amargura.

❧

Para que entre o rei da glória

Levantai, ó portas, os vossos frontões, elevai-vos, antigos portais, para que entre o rei da glória!

Salmo 24

❧

Vê como me tornei desprezível

Todo o seu povo, entre gemidos, procura pão. "Vê, Yaveh, olha como me tornei desprezível!"
Vós todos que passais pelo caminho, olhai e vede: Há dor como a minha dor? Como me maltrataram! Yaveh me castigou no dia do incêndio de sua ira.

Lamentações, 1. 11-12. Preces dos tempos de provação, quando Jerusalém e seu templo foram destruídos, e o povo levado como escravo para a Babilônia.

❦

Não temas

Não temas a sentença da morte, lembra-te dos que te precederam e dos que te seguirão.
É uma sentença do Senhor para toda carne; por que recusares a vontade do Altíssimo?
Sejam dez ou cem ou mil anos, no Xeol não se lamenta a respeito da vida.

> *Eclesiástico, 41. A morte é reduzida à sua expressão mais simples: tornar ao pó, sem nenhum dos mitos ou magias que atravancam os cultos antigos. Ela faz sua obra com a permissão de Deus, por um tempo que o homem desconhece, à espera da nova fase da vida: a ressurreição.*

❦

Levanta-te

Levanta-te, grita de noite, no começo das vigílias; derrama teu coração como água diante da face de Yaveh; eleva a ele tuas mãos, pela vida de teus filhinhos (que desfalecem de fome na entrada de todas as ruas).

Lamentações, 2

❧

É BOM ESPERAR EM SILÊNCIO

Por mais que eu grite por socorro ele abafa minha oração.
Ele quebrou meus dentes com cascalho, alimentou-me de
cinza. Excluíste a paz de minha vida, esqueci a felicidade!
Eu disse: desfaleceu o meu vigor e minha esperança em
Yaveh.
Eis o que recordarei a meu coração e por que eu espero:
Os favores de Yaveh não terminaram, suas compaixões não
se esgotaram.
Yaveh é bom para quem nele confia, para aquele que o
busca. É bom esperar em silêncio a salvação de Yaveh.
Pois o Senhor não rejeita para sempre: se ele aflige, ele se
compadece segundo sua grande bondade. Pois não é de
bom grado que ele humilha e que aflige os filhos do
homem! Quando se esmagam debaixo dos pés todos os
prisioneiros de um país.
Elevemos nosso coração e nossas mãos para o Deus que
está nos céus.

Lamentações, 3

Ele protege o fraco

Ele ergue o fraco da poeira e tira o indigente do lixo, fazendo-o sentar-se com os nobres; faz a estéril sentar-se em sua casa, como alegre mãe de filhos.

Salmo 113

Eu amo a beleza de tua casa

Na inocência lavo minhas mãos para rodear o teu altar, Yaveh, proclamando a ação de graças e contando tuas maravilhas todas. Yaveh, eu amo a beleza de tua casa e o lugar onde a tua glória habita.
Não me ajuntes com os pecadores.
Resgata-me, tem piedade de mim!
Meu pé está firme no reto caminho, eu te bendigo, Yaveh, nas assembléias.

Salmo 26

❖

Meu filho, escuta

Meu filho, escuta e recebe minhas palavras, e serão longos os anos da tua vida. Eu te instruo no caminho da sabedoria, encaminho-te pelas sendas da retidão.
Ao caminhar, não serão torpes os teus passos, e ao correr, tu não tropeçarás.

> *Provérbios, 4. 10-12. A sabedoria, dom de Deus, faz com que se preste atenção à sua palavra e com que se descubra seu sentido. A sabedoria é uma arte de viver e um chamado à alegria. A sabedoria é o brilho da luz eterna, o espelho sem mácula da grandeza divina e a imagem da bondade de Deus. Em muitos lugares, a Bíblia exorta os jovens e os menos jovens a se abrirem a essa sabedoria.*

⁂

Não fiques surdo ao meu pranto

Afasta a tua praga de mim, eu sucumbo ao ataque de tua mão!
Castigando o erro tu educas o homem e róis os seus tesouros como a traça. Os homens todos são apenas um sopro!
Ouve a minha prece, Yaveh, dá ouvido aos meus gritos, não fiques surdo ao meu pranto! Pois eu sou um forasteiro junto a ti, um inquilino como todos os meus pais.
Afasta de mim teu olhar, para que eu respire, antes que eu me vá e não exista mais!

Salmo 39

❧

Eu invoquei teu nome

Eu invoquei teu nome, Yaveh, do mais profundo do fosso.
Ouviste o meu grito, não feches teus ouvidos à minha oração, a meu apelo.
Aproximaste-te no dia em que te invoquei, disseste: "Não temas!"

Lamentações, 3

❧

Converte-nos

Por que nos esquecerias para sempre, nos abandonarias até o fim dos dias?
Converte-nos a ti, Yaveh, e nos converteremos. Renova nossos dias de outrora.
Ou será que nos rejeitaste totalmente, irritado, sem medida, contra nós?

Lamentações, 5

❧

Destruirás o justo?

Destruirás o justo com o pecador? Talvez haja cinqüenta justos na cidade. Destruirás e não perdoarás à cidade pelos cinqüenta justos que estão em seu seio? Longe de ti fazeres tal coisa: fazer morrer o justo com o pecador, de modo que o justo seja tratado como o pecador!

Yaveh respondeu: "Se eu encontrar em Sodoma cinqüenta justos na cidade, perdoarei a toda a cidade por causa deles." Disse mais Abraão: "Eu me atrevo a falar ao meu Senhor, eu que sou poeira e cinza. Mas talvez faltem cinco aos cinqüenta justos; por causa de cinco destruirás toda a cidade?" Ele respondeu: "Não, se eu encontrar quarenta e cinco justos."

"Eu me atrevo a falar a meu Senhor: talvez se encontrem vinte." E ele respondeu: "Não destruirei por causa dos vinte." Ele disse: "Que meu Senhor não se irrite e falarei uma última vez: talvez se encontrem dez." E ele respondeu: "Não destruirei, por causa dos dez."

Gênesis, 18. Sodoma e Gomorra foram destruídas: mito? A lenda só reteve a prece de Abraão, que intercede por Sodoma.

Aceita os silêncios

Filho, se te dedicares a servir ao Senhor, prepara-te para a prova.
Endireita o teu coração e sê constante, não te apavores no tempo da adversidade.
Une-te a ele e não te separes, a fim de seres exaltado no teu último dia.
Tudo o que te acontecer, aceita-o, e nas vicissitudes de tua pobre condição sê paciente.
Confia no Senhor, ele te ajudará, endireita teus caminhos e espera nele.

Eclesiástico, 2

❧

Eles pareceram morrer

A vida dos justos está nas mãos de Deus, nenhum tormento os atingirá.
Aos olhos dos insensatos pareceram morrer; sua partida foi tida como uma desgraça, sua viagem para longe de nós como um aniquilamento, mas eles estão em paz.
Aos olhos humanos pareciam cumprir uma pena, mas sua esperança estava cheia de imortalidade; por um pequeno castigo receberão grandes favores.
Deus os colocou à prova e os achou dignos de si.

> *Sabedoria, 3. Composto no decorrer do século I a.C., esse livro afirma que toda sabedoria provém de Deus, que responde à angústia dos homens.*

A SABEDORIA ME ENSINOU

Ele me deu um conhecimento infalível dos seres para entender a estrutura do mundo, a atividade dos elementos, o começo, o meio e o fim dos tempos, a alteração dos solstícios, as mudanças das estações, os ciclos do ano, a posição dos astros.
Tudo sei, oculto ou manifesto, pois a Sabedoria, artífice do mundo, mo ensinou!
Nela há um espírito inteligente, santo, único, múltiplo, sutil, móvel, penetrante, imaculado, lúcido, invulnerável, amigo do bem, agudo, incoercível, benfazejo.

Sabedoria, 7

Que Deus te dê

Que Deus te dê o orvalho do céu e as gorduras da terra, trigo e vinho em abundância!
Que os povos te sirvam, que nações se prostrem diante de ti!
Sê um senhor para teus irmãos, que se prostrem diante de ti os filhos de tua mãe!
Maldito seja quem te amaldiçoar!
Bendito seja quem te abençoar!

Gênesis, 27. Isaac abençoa seu filho Jacó.

Mostra-me o teu caminho

"Tu me disseste: 'Faze subir este povo', mas não me revelaste quem mandarás comigo. Contudo disseste: 'Conheço-te pelo nome, e encontraste graça aos meus olhos.' Agora, pois, se encontrei graça aos teus olhos, mostra-me o teu caminho, e que eu te conheça e encontre graça aos teus olhos; e considera que esta nação é teu povo."
Yaveh disse: "Eu mesmo irei e te darei descanso."
Disse Moisés: "Se não vieres tu mesmo, não nos faças sair daqui. Como se poderá saber que encontramos graça aos teus olhos, eu e o teu povo?"

> *Êxodo, 33. 12-17. Pedido estranho e siderante de Moisés, que pede a Deus que lhe mostre seu "rosto", embora ninguém possa ver Deus sem morrer. Segundo a tradição judaica, Moisés teria morrido, ao final de seus dias, nas fronteiras da Terra Prometida por ter por fim visto Deus.*

Prece de Jacó

"Se Deus estiver comigo e me guardar no caminho por onde eu for, se me der pão para comer e roupas para me vestir, se eu voltar são e salvo para a casa de meu pai, então Yaveh será meu Deus e esta pedra que ergui como uma estela será uma casa de Deus, e de tudo o que me deres eu te pagarei fielmente o dízimo."

Gênesis, 28

❧

O homem não pode ver-me e continuar vivendo

Ele replicou: "Farei passar diante de ti toda a minha beleza, e diante de ti pronunciarei o nome de Yaveh. Terei piedade de quem eu quiser ter piedade e terei compaixão de quem eu quiser ter compaixão." E acrescentou: "Não poderás ver a minha face, porque o homem não pode ver-me e continuar vivendo." E Yaveh disse ainda: "Eis aqui um lugar junto a mim; põe-te sobre a rocha. Quando passar a minha glória, colocar-te-ei na fenda da rocha e cobrir-te-ei com a palma da minha mão até que eu tenha passado. Depois tirarei a palma da mão e me verás pelas costas. Minha face, porém, não se pode ver."

Êxodo, 33

Ouve, ó Israel

Ouve, ó Israel: Yaveh nosso Deus é o único Yaveh! Portanto, amarás a Yaveh teu Deus com todo o teu coração, com toda a tua alma e com toda a tua força. Que estas palavras que hoje te ordeno estejam em teu coração! Tu as inculcarás aos teus filhos, e delas falarás sentado em tua casa e andando em teu caminho, deitado e de pé.
Tu a escreverás nos umbrais da tua casa, e nas tuas portas. Fica atento a ti mesmo! Não te esqueças de Yaveh, que te fez sair da terra do Egito, da casa da escravidão! É a Yaveh teu Deus que temerás. A ele servirás e pelo seu nome jurarás.

Deuteronômio, 6. Ouve, ó Israel: o Shemá é a principal prece diária do judaísmo.

⁂

Dei

Tu dirás diante de Yaveh teu Deus: "Tirei de minha casa o que estava consagrado e o dei ao levita, ao estrangeiro, ao órfão e à viúva, conforme todos os mandamentos que me ordenaste. Não transgredi nem me esqueci dos teus mandamentos. Inclina-te da tua morada santa, do céu, e abençoa o teu povo Israel, como também o solo que nos deste."

Deuteronômio, 6. Prece de oferenda nas peregrinações ao Templo de Jerusalém.

⁂

Por falta de reflexão os projetos fracassam, mas se realizam quando há muitos conselhos.

Provérbios, 15

⚜

Fora de mim não há outro Deus

Dá ouvidos, ó céu, que eu vou falar; ouve, ó terra, as palavras da minha boca!
Desça como chuva minha doutrina, minha palavra se espalhe como orvalho, como chuvisco sobre a relva que viceja e aguaceiro sobre a grama verdejante.
Eu vou proclamar o nome de Yaveh; quanto a vós, engrandecei o nosso Deus!
Ele é a Rocha, e sua obra é perfeita, pois toda a sua conduta é o Direito.
Esqueces o Deus que te gerou.
Eu, sou eu, e fora de mim não há outro Deus!
Sou eu que mato e faço viver,
sou eu que firo e torno a curar.

Deuteronômio, 32. Cântico de Moisés: última celebração do povo ao se aproximar da Terra Prometida.

Yaveh é a minha rocha

Yaveh é a minha rocha e minha fortaleza, o meu libertador; ele é o meu Deus. Nele me abrigo: é meu rochedo, escudo, fortaleza e salvação, é a minha cidadela e o meu refúgio. Meu salvador, tu me salvaste da violência. Digno é ele de louvor: eu invoco a Yaveh e sou salvo dos meus inimigos.
As vagas da Morte me cercavam, as torrentes de Belial me apavoravam; as cordas do Xeol me rodeavam, as ciladas da Morte me esperavam.
Na minha angústia invoquei a Yaveh, ao meu Deus lancei meu grito, ele escutou do seu Templo a minha voz e o meu clamor chegou aos seus ouvidos.

> 2 Samuel, 22. De Davi, para agradecer suas vitórias. Esse livro é tradicionalmente dividido em dois. Conta o nascimento do profeta Samuel, que escolhe um primeiro rei para Israel, Saul, que será infiel à sua missão e lutará abertamente contra Davi, escolhido por Samuel para sucedê-lo. O livro narra em seguida o longo reinado de Davi em Hebron e depois em Jerusalém.

Feliz o povo

Yaveh, que é o homem para que o conheças, o filho do mortal, que o consideres?
O homem é como um sopro, seus dias como a sombra que passa.
Yaveh, inclina teu céu e desce, toca os montes, e eles fumegarão.
Ó Deus, eu canto a ti um cântico novo, vou tocar para ti a harpa de dez cordas.
Feliz o povo cujo Deus é Yaveh!

Salmo 144

Das alturas me tomou

Yaveh trovejou desde os céus, o Altíssimo fez ouvir a sua voz. Enviou das alturas e me tomou, e me tirou das águas profundas; livrou-me do feroz inimigo, de adversários mais fortes do que eu.
Tu és a minha lâmpada, Yaveh: o meu Deus alumia as minhas trevas; contigo eu salto a muralha, com o meu Deus escalo os muros.
Quem, pois, é Deus, senão Yaveh? Esse Deus que me cinge de força e torna o meu caminho irrepreensível.
Viva Yaveh, e bendito seja o meu Rochedo, exaltado seja o Deus da minha salvação.

2 Samuel, 22

❧

Guarda para sempre a promessa

Quem sou eu, Senhor Yaveh, e qual é a minha casa para que me trouxesses até aqui?
Agora, Yaveh Deus, guarda para sempre a promessa que fizeste a teu servo e à sua casa e faze como disseste.
Então o teu servo teve a coragem de te dirigir esta oração. Sim, Senhor Yaveh, és tu que és Deus, as tuas palavras são verdade e tu fizeste esta maravilhosa promessa ao teu servo. Consente, pois, em abençoar a casa do teu servo, para que ela permaneça sempre na tua presença, porque és tu, Senhor Yaveh, que tens falado, e é pela tua bênção que a casa do teu servo será abençoada para sempre.

2 Samuel, 7. De Davi, depois que se instalou em Jerusalém.

Minha carne refloresceu

A ti, Yaveh, eu clamo, rocha minha, não me sejas surdo; que eu não seja, frente ao teu silêncio, como os que descem à cova!
Dá-lhes conforme a obra de suas mãos, paga-lhes o devido salário!
Bendito seja Yaveh, pois ele ouve a minha voz suplicante.
Yaveh é minha força e meu escudo, é nele que meu coração confia; eu fui socorrido, minha carne refloresceu, de todo o coração eu agradeço.

Salmo 28

Yaveh, a realeza

Bendito seja tu, Yaveh, Deus de Israel, nosso pai, desde sempre e para sempre! A ti, Yaveh, a grandeza, a força, o esplendor, o poder e a glória, pois tudo, no céu e na terra, te pertence. A ti, Yaveh, a realeza: tu és o soberano que se eleva acima de tudo. És o Dominador de tudo; em tua mão, força e poder; em tua mão, tudo se afirma e cresce.

> 1 Crônicas, 29. *Prece de Davi quando entronizou seu filho Salomão. Igualmente dividido em dois, esse livro retoma a história de Israel e em particular a história real. Nele Davi aparece como a figura central e ideal da monarquia. Escrito em meados do século IV a.C., completa os livros dos Reis.*

Tudo vem de ti

Pois quem sou eu e quem é meu povo, para sermos capazes de fazer tais ofertas voluntárias? Porque tudo vem de ti e te ofertamos o que recebemos de tuas mãos. Diante de ti não passamos de estrangeiros e peregrinos como todos os nossos pais; nossos dias na terra passam como a sombra e não há esperança.

Sei, ó meu Deus, que provas os corações e que amas a retidão; e foi na retidão do meu coração que fiz todas essas ofertas e agora vejo com alegria teu povo, aqui presente, fazer-te essas ofertas espontâneas.

A meu filho Salomão dá um coração íntegro para que guarde teus mandamentos, teus preceitos e leis, que ele os ponha todos em prática e construa este palácio que te preparei.

Bendizei, pois a Yaveh, vosso Deus!

1 Crônicas, 29

Tu conheces meu caminho

Gritando a Yaveh, eu imploro!
Gritando a Yaveh, eu suplico!
Derramo à sua frente o meu lamento, à sua frente exponho a minha angústia, enquanto meu alento desfalece; mas tu conheces meu caminho!
No caminho em que ando ocultaram para mim uma armadilha. Olha para a direita e vê: ninguém mais me reconhece, nenhum lugar de refúgio, ninguém que olhe por mim!
Eu grito a ti, Yaveh, e digo: Tu és meu refúgio, minha parte na terra dos vivos! Dá atenção ao meu clamor, pois já estou muito fraco.
Livra-me dos meus perseguidores, pois eles são mais fortes do que eu! Faze-me sair da prisão para que eu celebre o teu nome! Os justos se ajuntarão ao meu redor, por causa do bem que me fizeste.

Salmo 142

⁂

Mais vale um prato de verdura com amor, do que um boi cevado com ódio.

Provérbios, 15

⁂

Eu me elevo a ti

A ti, Yaveh, eu me elevo, ó meu Deus.
Eu confio em ti, que eu não seja envergonhado, que meus inimigos não triunfem contra mim!
Guia-me com tua verdade, ensina-me, pois tu és o meu Deus salvador. Eu espero em ti o dia todo.

Salmo 25

Dedicatória ao templo de Jerusalém

Yaveh, Deus de Israel! Não existe nenhum Deus semelhante a ti lá em cima nos céus, nem cá embaixo sobre a terra; a ti, que és fiel à Aliança e conservas a benevolência para com teus servos, quando caminham de todo coração diante de ti. Cumpriste a teu servo Davi, meu pai, a promessa que lhe havias feito, e o que disseste com tua boca, executaste hoje com tua mão.

Mas será verdade que Deus habita com os homens nesta terra? Se os céus e os céus dos céus não te podem conter, muito menos esta casa que construí!

> *1 Reis, 8. Ou prece de Salomão. O primeiro livro dos Reis é a narrativa do reinado de Salomão, filho de Davi, que construiu o Templo de Jerusalém.*

Mesmo o estrangeiro

Sê atento à prece e à súplica de teu servo, Yaveh, meu Deus! Que teus olhos estejam abertos dia e noite sobre esta casa, sobre este lugar do qual disseste: "Meu Nome estará lá." Ouve a prece que teu servo fará neste lugar.
Escuta no céu, perdoa o pecado de teu servo e de teu povo Israel – tu lhes indicarás o caminho reto que devem seguir – e rega com a chuva a terra que deste em herança a teu povo.
Mesmo o estrangeiro, que não pertence a Israel, teu povo, se vier de uma terra longínqua por causa de teu Nome, escuta no céu onde resides, atende todos os pedidos do estrangeiro, a fim de que todos os povos da terra reconheçam teu Nome.
Que Yaveh, nosso Deus, esteja conosco, como esteve com nossos pais, que não nos abandone nem nos rejeite!
Que estas palavras por mim pronunciadas em oração diante de Yaveh fiquem presentes dia e noite diante de Yaveh nosso Deus, para que faça justiça a seu servo e a Israel, seu povo, conforme as necessidades de cada dia.
Assim, todos os povos da terra reconhecerão que somente Yaveh é Deus e que não há outro além dele.

1 Reis, 8

SE VOLTARDES A MIM

Yaveh, Deus do céu, o Deus grande e temível, que guarda a aliança e a misericórdia para com aqueles que o amam e observam seus mandamentos, que teus ouvidos estejam atentos e teus olhos abertos, para ouvir a prece do teu servo. Dia e noite eu te suplico em favor dos filhos de Israel, teus servos, e confesso os pecados dos filhos de Israel, que cometemos contra ti: pecamos, eu e a casa de meu pai! Procedemos muito mal para contigo, não observando os mandamentos, estatutos e normas que havias prescrito a Moisés, teu servo. Lembra-te, porém, da palavra que ordenaste a Moisés, teu servo: "Se fordes infiéis, dispersar-vos-ei entre as nações; mas se voltardes a mim, observando os meus mandamentos e pondo-os em prática, mesmo que vossos exilados se achassem nos confins do céu, eu os reuniria e reconduziria ao Lugar que escolhi para nele fazer habitar meu Nome." Eles são teus servos e teu povo que resgataste por teu grande poder e pela força de teu braço! Ah! Senhor, que teus ouvidos estejam atentos à prece do teu servo, à prece dos teus servos que se comprazem no temor de teu Nome.

Neemias, 1. Prece de Neemias pelos judeus que se dispersaram no exílio e por aqueles que, quando voltaram a Jerusalém, encontraram a cidade em ruínas.

Realizaste sinais e prodígios

Tu és Yaveh, ó Deus, tu escolheste Abraão.
Achando seu coração fiel diante de ti, fizeste aliança com ele, para dar-lhe a terra do cananeu, do heteu e do amorreu, do ferezeu, do jebuseu e do gergeseu, a ele e a sua posteridade. E cumpriste as tuas promessas, pois tu és justo.
Viste a aflição de nossos pais no Egito, ouviste seu clamor junto ao mar dos Juncos.
Realizaste sinais e prodígios contra o Faraó, contra todos os seus servos e todo o povo da sua terra.
Abriste o mar diante deles: passaram pelo meio do mar a pé enxuto. Precipitaste nos abismos seus perseguidores, como uma pedra em águas impetuosas.
Tu os guiaste de dia com uma coluna de nuvem, de noite com uma coluna de fogo, para iluminar diante deles o caminho pelo qual andassem. Desceste sobre o monte Sinai, e do céu lhes falaste; e lhes deste normas justas, leis verdadeiras.

Neemias, 9. Em Jerusalém, prece da assembléia de exilados quando do retorno da Babilônia, memória da Aliança e pedido de perdão pelos pecados do passado, promessa de conversão.

Do céu, o pão

Do céu lhes deste o pão para sua fome, do rochedo fizeste brotar água para sua sede. Ordenaste-lhes que fossem tomar posse da terra que havias jurado dar-lhes.

Mas nossos pais se orgulharam, endureceram a cerviz, não obedeceram aos teus mandamentos. Recusaram-se a obedecer, esquecidos das maravilhas que havias feito por eles; endureceram a cerviz, conceberam o plano de voltar para o Egito, para sua escravidão. Mas tu és o Deus do perdão, cheio de piedade e compaixão, lento para a cólera e cheio de amor: não os abandonaste!

Na tua imensa compaixão, não os abandonaste no deserto; a coluna de nuvem não se apartou deles, para guiá-los de dia pela estrada nem a coluna de fogo durante a noite, para iluminar diante deles a estrada pela qual andassem.

Deste-lhes teu bom espírito para torná-los prudentes; não recusaste o maná à sua boca e lhes deste água para sua sede. Por quarenta anos cuidaste deles no deserto: de nada sentiram falta, suas vestes não se estragaram, seus pés não se incharam.

E tu lhes entregaste reinos e povos cujas terras repartiste entre eles. Multiplicaste seus filhos como as estrelas do céu. Mas eis que indóceis, revoltados contra ti, desprezaram tua Lei, mataram os profetas que os admoestavam para reconduzi-los a ti e cometeram grandes impiedades. Aban-

donaste-os então nas mãos de seus inimigos, que os oprimiram. No tempo de sua miséria, clamavam a ti, e tu, do céu, os ouvias e em tua grande compaixão lhes enviavas salvadores que os libertavam das mãos de seus opressores. Tens sido justo em tudo o que nos sucedeu, nossos reis, chefes, sacerdotes e nossos pais não seguiram tua Lei.
Eis que estamos hoje escravizados e eis que na terra que havia dado a nossos pais para gozarem de seus frutos e de seus bens, nós estamos na escravidão. Seus produtos enriquecem os reis, que nos impuseste, pelos nossos pecados, e que dispõe a seu arbítrio de nossas pessoas e de nosso gado.

Neemias, 9

࿇

Reis da terra e todos os povos, príncipes e juízes todos da terra, jovens e também as donzelas, os velhos com as crianças!
Louvem o nome de Yaveh: é o único nome sublime.

Salmo 148

De profundis

Das profundezas clamo a ti, Yaveh: Senhor, ouve o meu grito!
Que teus ouvidos estejam atentos ao meu pedido por graça!
Se fazes conta das culpas, Yaveh, Senhor, quem poderá se manter?
Mas contigo está o perdão, para que sejas temido.
Eu espero, Yaveh, e minha alma espera, confiando na tua palavra; minha alma aguarda o Senhor mais que os guardas pela aurora.
Mais que os guardas pela aurora aguarde Israel a Yaveh, pois com Yaveh está o amor, e redenção em abundância: ele vai resgatar Israel de suas iniquidades todas.

> Salmo 130. A tradição cristã transformou esse salmo na oração pelos mortos. Na Bíblia, é um canto de vivos para os vivos.

Pereça o dia em que nasci

Enfim, Jó abriu a boca e amaldiçoou o dia do seu nascimento. Jó tomou a palavra e disse:

Pereça o dia em que nasci, a noite em que se disse: "Um menino foi concebido!" Esse dia, que se torne trevas, que Deus do alto não se ocupe dele, que sobre ele não brilhe a luz!

Que o reclamem as trevas e sombras espessas, que uma nuvem pouse sobre ele, que um eclipse o aterrorize!

Sim, que dele se apodere a escuridão, que não se some aos dias do ano, que não entre na conta dos meses!

Que essa noite fique estéril, que não penetrem ali os gritos de júbilo!

Que se escureçam as estrelas da sua aurora, que espere pela luz que não vem, que não veja as pálpebras da alvorada.

Porque não fechou as portas do ventre para esconder à minha vista tanta miséria.

> *Jó, 3. 9-10. Personagem de lenda, esse patriarca oriental simboliza a provação absoluta de um homem, bom em tudo, fiel e devoto, que vê sua riqueza fabulosa desaparecer e toda a sua família morrer. Clama sua revolta, declara-se como não culpado diante de Deus e diante dos homens. Na palavra divina, Jó percebe que o homem não pode compreender Deus, que é o único a saber o que há além do bem e do mal. Por tê-lo compreendido na provação, Jó reviverá.*

Ele me triturou

Se falo, não cessa minha dor; se me calo, como ela desaparecerá?

Mas agora ela me extenuou; feriste com horror tudo o que me cerca, e ele me deprime, meu caluniador tornou-se minha testemunha, levanta-se contra mim e me acusa diretamente; sua ira persegue-me para dilacerar-me, range contra mim os dentes, meus inimigos aguçam os olhos contra mim. Abrem contra mim a boca, esbofeteiam-me com suas afrontas, todos se aglomeram em massa contra mim.

Deus entregou-me a injustos, jogou-me nas mãos dos ímpios.

Vivia eu tranqüilo, quando me esmagou, agarrou-me pela nuca e me triturou. Fez de mim seu alvo. Suas flechas zuniam em torno de mim, atravessou-me os rins sem piedade, e por terra derramou meu fel. Abriu-me com mil brechas e assaltou-me como um guerreiro.

Meu rosto está vermelho de tanto chorar e a sombra pesa sobre minhas pálpebras, embora não haja violência em minhas mãos e seja sincera minha oração.

Ó terra, não cubras meu sangue, não encontre meu clamor um lugar de descanso! Tenho, desde já, uma testemunha nos céus, e um defensor nas alturas; intérprete de meus pensamentos junto a Deus, diante do qual correm as minhas lágrimas; que ele julgue entre o homem e Deus como se julga um pleito entre homens. Porque passarão os anos que me foram contados e empreenderei a viagem sem retorno.

Todas as minhas forças se esgotaram, meus dias foram abreviados, e só me resta esperar pela sepultura.

Não sou pecador, Senhor, liberta-me e coloca-me junto a ti.

Jó, 16

◦§◦

Montes e todas as colinas, árvore frutífera e todos os cedros,
Louvem o nome de Yaveh.

Salmo 148

ALEGRA-TE, JOVEM

Ainda que o homem viva muitos anos, alegre-se com eles todos, mas lembre-se de que os dias de trevas serão muitos. Tudo o que acontece é vaidade.

Alegra-te, jovem, com tua juventude, sê feliz nos dias da tua mocidade, segue os caminhos do teu coração e os desejos dos teus olhos, saibas, porém, que sobre estas coisas todas Deus te pedirá contas.

Eclesiastes, 11

Sei que meu Defensor está vivo

Ele bloqueou meu caminho e não tenho saída, encheu de trevas minhas veredas.

Demoliu tudo em redor de mim e tenho de ir-me, desenraizou minha esperança como uma árvore. Acendeu sua ira contra mim, considera-me seu inimigo. Abandonaram-me vizinhos e conhecidos.

À minha mulher repugna meu hálito, e meu mau cheiro, aos meus próprios irmãos. Até as crianças me desprezam e insultam-me, se procuro levantar-me.

Debaixo da pele minha carne apodrece e os meus ossos se desnudam como os dentes.

Oxalá minhas palavras fossem escritas, e fossem gravadas numa inscrição; com cinzel de ferro e estilete fossem esculpidas na rocha para sempre! Eu sei que meu Defensor está vivo e que no fim se levantará sobre o pó; depois do meu despertar, levantar-me-á junto dele, e em minha carne verei a Deus. Aquele que eu vir será para mim, aquele que meus olhos contemplarem não será um estranho.

Jó, 19

❖

Grito a ti

Yaveh, meu Deus salvador, de noite eu grito a ti: que minha prece chegue à tua presença, inclina o teu ouvido ao meu clamor. Pois minha alma está cheia de males e minha vida está à beira do Xeol; sou visto como os que baixam à cova, tornei-me um homem sem forças: despedido entre os mortos.
Puseste-me no fundo da cova, em meio a trevas nos abismos. Tu afastas de mim meus próximos e amigos, a treva é a minha companhia.

> *Salmo 88. Se nos salmos se ergue até Deus o lamento do homem aflito, perseguido e sofredor, nenhuma dessas preces se conclui no desespero. Estamos longe do culto da dor pelo qual os homens da Bíblia e depois os judeus e os cristãos são criticados.*

A salvação vem de Yaveh

Yaveh, numerosos os que dizem a meu respeito: "Onde está sua salvação em Deus?"
Mas tu, Yaveh, és o escudo que me protege, minha glória e o que me ergue a cabeça. Em alta voz eu grito a Yaveh, e ele me responde do seu monte sagrado.
Eu me deito e logo adormeço. Desperto, pois é Yaveh quem me sustenta.
A salvação vem de Yaveh! E sobre o teu povo, a tua bênção!

Salmo 3

❧

Onde estavas?

Onde estavas, quando lancei os fundamentos da terra? Dize-mo, se é que sabes tanto.
Entre as aclamações dos astros da manhã e o aplauso de todos os filhos de Deus?
Quem fechou com portas o mar, quando irrompeu jorrando do seio materno; quando lhe dei nuvens como vestidos e espessas névoas como cueiros; quando lhes impus os limites e lhe firmei porta e ferrolho, e disse: "Até aqui chegarás e não passarás: aqui se quebrará a soberba de tuas vagas"?
Alguma vez deste ordens à manhã, ou indicaste à aurora um lugar, para agarrar as bordas da terra e sacudir dela os ímpios?

Jó, 38

❧

Eis que falei levianamente

Foram-te indicadas as portas da Morte, ou viste os porteiros da terra da Sombra?
De que lado mora a luz, e onde residem as trevas?
Deverias sabê-lo, pois já tinhas nascido e grande é o número dos teus anos.
Podes fazer sair a seu tempo a Coroa, ou guiar a Ursa com seus filhos?
Quem deu sabedoria ao íbis?
O adversário de Shaddai cederá? O censor de Deus irá responder?
Jó respondeu a Yaveh: Eis que falei levianamente: que poderei responder-te? Porei minha mão sobre a boca; falei uma vez, não replicarei; duas vezes, nada mais acrescentarei.

Jó, 38, 40

❧

Tudo podes

Reconheço que tudo podes e que nenhum dos teus desígnios fica frustrado.
Sou aquele que denegriu teus desígnios, com palavras sem sentido.
Falei de coisas que não entendia, de maravilhas que me ultrapassam.
(Escuta-me, que vou falar; interrogar-te-ei e tu me responderás.)
Conhecia-te só de ouvido, mas agora viram-te meus olhos: por isso, retrato-me e faço penitência no pó e na cinza.

Jó, 42

❖

Esperava-se a paz

Rejeitaste, deveras, a Judá?
Por acaso te desgostaste de Sião?
Por que nos feriste de tal modo que não há cura para nós?
Esperava-se a paz: nada de bom! O tempo de cura: e eis o pavor!
Nós reconhecemos, Yaveh, nossa maldade, a falta de nossos pais: porque pecamos contra ti.
Não nos desprezes por causa do teu Nome. Não desonres o trono de tua glória.
Lembra-te! Não rompas a tua aliança conosco.
Há entre os ídolos das nações quem faça chover? Ou é o céu que nos dá os aguaceiros?
Não és tu Yaveh, nosso Deus?
Em ti nós esperamos, porque fazes todas estas coisas.

Jeremias, 14. Jeremias, por ocasião de uma grande seca na Judéia.

⁂

Deus vos retribuirá a vida

Não sei como é que viestes a aparecer no meu seio, nem fui eu que vos dei o espírito e a vida, nem também fui eu que dispus organicamente os elementos de cada um de vós. Por conseguinte, é o Criador do mundo que formou o homem em seu nascimento e deu origem a todas as coisas, quem vos retribuirá, na sua misericórdia, o espírito e a vida, uma vez que agora fazeis pouco-caso de vós mesmos, por amor às suas leis.

> 2 *Macabeus*, 7. *Por se recusarem a renegar a fé judaica, sete irmãos são condenados ao suplício. Sua mãe oferece-lhes essa última prece.*

Ninguém se lembra

A bênção do Senhor é a recompensa do piedoso, num instante floresce a sua bênção.
Não digas: "De que coisa tenho necessidade? De agora em diante quais serão os meus bens?"
Não digas: "Tenho o suficiente; de agora em diante que desgraça me atingirá?"
No dia da felicidade, ninguém se lembra dos males, e no dia da desgraça, ninguém se lembra da felicidade.

Eclesiástico, 11

✧

Tu me seduziste

Tu me seduziste, Yaveh, e eu me deixei seduzir; tu te tornaste forte demais para mim, tu me dominaste.
Sirvo de escárnio todo o dia, todos zombam de mim.
Porque sempre que falo devo gritar, devo proclamar: "Violência, opressão!"
Porque a palavra de Yaveh tornou-se para mim opróbrio e ludíbrio todo dia.
Quando eu pensava: "Não me lembrarei dele, já não falarei em seu Nome", então isto era em meu coração como um fogo devorador, encerrado em meus ossos. Estou cansado de suportar, não posso mais!
Eu ouvi a calúnia de muitos: "Terror de todos os lados! Denuncia! Denunciemo-lo!"
Todo aquele que estava em paz comigo aguarda a minha queda: "Talvez ele se deixe seduzir! Nós o dominaremos e nos vingaremos dele!"
Mas Yaveh está comigo como um poderoso guerreiro.

Jeremias, 20

※

Compassivo é o Senhor

Como um pai é compassivo com seus filhos, Yaveh é compassivo com aqueles que o temem; porque ele conhece nossa estrutura, ele se lembra do pó que somos.

Salmo 103

※

Anos de prosperidade

Meu filho, não esqueças minha instrução, guarda no coração os meus preceitos; porque te trarão longos dias e anos, vida e prosperidade.

Provérbios, 3

✼

Meditarei toda a tua obra

Pela noite murmuro em meu coração, medito, e meu espírito pergunta: O Senhor vai rejeitar para sempre? Nunca mais será favorável? Seu amor esgotou-se para sempre?
Lembro-me das façanhas de Yaveh, recordo tua maravilha de outrora, fico meditando toda a tua obra, meditando em tuas façanhas.
Guiaste teu povo como um rebanho, pela mão de Moisés e de Aarão.

Salmo 77

✼

Quando irás te levantar?

Anda, preguiçoso, olha a formiga, observa o seu proceder, e torna-te sábio: sem ter um chefe, nem um guia, nem um dirigente, no verão, acumula o grão e reúne provisões durante a colheita.
Até quando dormirás, ó preguiçoso? Quando irás te levantar do sono?
Um pouco dormes, cochilas um pouco; um pouco cruzas os braços e descansas; mas te sobrevém a pobreza do vagabundo e a indigência do mendigo!

Provérbios, 6

A vinha de Yaveh

O meu amado tinha uma vinha em uma encosta fértil. Ele cavou-a, removeu a pedra e plantou nela uma vinha de uvas vermelhas.
No meio dela construiu uma torre e cavou um lagar.
Com isto, esperava que ela produzisse uvas boas, mas só produziu uvas azedas.
Agora, ó moradores de Jerusalém e homens de Judá, servi de juízes entre mim e a minha vinha.
Que me restava ainda fazer à minha vinha que eu não tenha feito?
Agora vos farei saber o que vou fazer da minha vinha!
Arrancarei a sua cerca para que sirva de pasto, derrubarei o seu muro para que seja pisada; reduzi-la-ei a um matagal: ela não será mais podada nem cavada: espinheiros e ervas daninhas crescerão no meio dela.
Quanto às nuvens, ordenar-lhe-ei que não derramem a sua chuva sobre ela.
Pois bem, a vinha de Yaveh dos Exércitos é a casa de Israel.

Isaías, 5. Nesse célebre canto da vinha, Isaías exorta Israel à conversão.

Maldito o dia em que eu nasci

Maldito o dia em que eu nasci!
O dia em que minha mãe me gerou não seja abençoado!
Maldito o homem que deu a meu pai a boa nova: "Nasceu-te um filho homem!" e lhe causou uma grande alegria.
Porque ele não me matou desde o seio materno, para que minha mãe fosse para mim o meu sepulcro e suas entranhas estivessem grávidas para sempre.
Por que saí eu do seio materno para ver trabalhos e penas e terminar os meus dias na vergonha?

Jeremias, 20. Prece de exaustão, próxima da de Jó.

Nossa força

Deus é nosso refúgio e nossa força, um socorro sempre alerta nos perigos.
E por isso não tememos se a terra vacila, se as montanhas se abalam no seio do mar.

Salmo 46

⁂

É melhor um pedaço de pão seco e a tranqüilidade do que uma casa cheia de sacrifício e de discórdia.

Provérbios, 17

⁂

EM TI, A NOSSA ESPERANÇA

A vereda do justo é reta, tu aplanas o trilho reto do justo.
Sim, Yaveh, na vereda dos teus julgamentos pomos a nossa esperança; o teu nome e a lembrança de ti resumem todo o desejo da nossa alma.
A minha alma suspira por ti de noite, sim, no meu íntimo, o meu espírito te busca, pois quando os teus julgamentos se manifestam na terra, os habitantes do mundo aprendem a justiça.
Yaveh, tu nos asseguras a paz; na verdade, todas as nossas obras tu as realizas para nós.

Isaías, 26. Cântico de Isaías pela libertação do povo de Judá cativo na Babilônia.

❦

Nós o ignoramos

Ele cresceu diante dele como um renovo, como raiz que brota de uma terra seca; não tinha beleza nem esplendor que pudesse atrair o nosso olhar, nem formosura capaz de nos deleitar.

Era desprezado e abandonado pelos homens, um homem sujeito à dor, familiarizado com a enfermidade, como uma pessoa de quem todos escondem o rosto; desprezado, não fazíamos caso nenhum dele. E no entanto, eram as nossas enfermidades que ele levava sobre si, as nossas dores que ele carregava. Mas nós o tínhamos como vítima do castigo, ferido por Deus e humilhado.

Mas ele foi trespassado por causa das nossas transgressões, esmagado em virtude das nossas iniqüidades.

O castigo que havia de trazer-nos a paz, caiu sobre ele, sim, por suas feridas, fomos curados.

Isaías, 53. Prece pelo Messias que sofre e está condenado à morte. Esse texto evoca os sofrimentos de um santo desconhecido de Israel, ou o extermínio e o exílio que atingiram toda a comunidade de Judá no século IV a.C. O cristianismo aplica-o à Paixão de Cristo.

⸙

Despertai

Ó Yaveh, nosso Deus, ao lado de ti temos tido outros senhores, mas, apegados a ti, só ao teu nome invocamos.
Como a mulher grávida, ao aproximar-se a hora do parto, se contorce e, nas suas dores, dá gritos, assim nos encontrávamos nós na tua presença, ó Yaveh: concebemos e tivemos as dores do parto, mas quando demos à luz, eis que era vento: não asseguramos a salvação para a terra; não nasceram novos habitantes para o mundo.
Os teus mortos tornarão a viver, os teus cadáveres ressurgirão.
Despertai e cantai, vós os que habitais o pó, porque o teu orvalho será um orvalho luminoso, e a terra dará à luz sombras.

Isaías, 26

❧

Por que dormes?

Desperta! Por que dormes, Senhor?
Acorda! Não nos rejeites até o fim!
Por que escondes tua face, esquecendo nossa opressão e miséria?
Pois nossa garganta se afoga no pó, está grudado ao chão o nosso ventre.
Levanta-te! Socorre-nos!
Resgata-nos por teu amor!

Salmo 44

Ele foi maltratado

Todos nós como ovelhas, andávamos errantes, seguindo cada um o seu próprio caminho, mas Yaveh fez cair sobre ele a iniqüidade de todos nós.
Foi maltratado, mas livremente humilhou-se e não abriu a boca, como um cordeiro conduzido ao matadouro; como uma ovelha que permanece muda na presença dos seus tosquiadores ele não abriu a boca.
Mas Yaveh quis feri-lo, submetê-lo à enfermidade.
Mas, se ele oferece a sua vida como sacrifício pelo pecado, certamente verá uma descendência, prolongará os seus dias, e por meio dele o desígnio de Deus há de triunfar.
Após o trabalho fatigante da sua alma ele verá a luz e se fartará. Pelo seu conhecimento, o justo, meu Servo, justificará a muitos e levará sobre si as suas transgressões.

Isaías, 53

Vem livrar-me, ó Deus

Vem livrar-me, ó Deus!
Yaveh, vem depressa em meu socorro!
Fiquem envergonhados e confundidos os que buscam minha vida!
Recuem, cobertos de vergonha, os que se riem de mim!
Exultem e se alegrem contigo todos os que te procuram!
E os que amam a tua salvação repitam sempre: "Deus é grande!"
Quanto a mim, sou pobre e indigente: ó Deus, vem depressa!
Tu és meu auxílio e salvação: Yaveh, não demores!

Salmo 70

Seis coisas detesta Yaveh

Seis coisas detesta Yaveh, e sete lhe são abominação: olhos altivos, língua mentirosa, mãos que derramam o sangue inocente, coração que maquina planos malvados, pés que correm para a maldade, testemunha falsa que profere mentiras, e o que semeia discórdia entre irmãos.

Provérbios, 6

◈

OS CÉUS CONTAM

Os céus contam a glória de Deus, e o firmamento proclama a obra de suas mãos.
O dia entrega a mensagem a outro dia, e a noite a faz conhecer a outra noite.
Não há termos, não há palavras, nenhuma voz que deles se ouça; e por toda a terra sua linha aparece, e até aos confins do mundo a sua linguagem.
Ali pôs uma tenda para o sol, e ele sai, qual esposo da alcova, como alegre herói, percorrendo o caminho.
Ele sai de um extremo dos céus e até o outro extremo vai seu percurso; e nada escapa ao seu calor.
Yaveh, meu rochedo, redentor meu!

Salmo 19

Põe-te em pé, Jerusalém

Põe-te em pé, resplandece, porque a tua luz é chegada, a glória de Yaveh raia sobre ti. Com efeito, as trevas cobrem a terra, a escuridão envolve as nações, mas sobre ti levanta-se Yaveh e a sua glória aparece sobre ti.

Ergue os olhos em torno e vê: todos eles se reúnem e vêm a ti. Os teus filhos vêm de longe, as tuas filhas são carregadas sobre as ancas.

Então verás e ficarás radiante; o teu coração estremecerá e se dilatará, porque as riquezas do mar afluirão a ti, a ti virão os tesouros das nações.

O teu sol não voltará a pôr-se, e a tua lua não minguará, porque Yaveh te servirá de luz eterna e os dias do teu luto cessarão.

Isaías, 60. O profeta Isaías anuncia uma nova libertação de Israel ao final do cativeiro na Babilônia no século VI, que lembrava a escravidão no Egito nos tempos de Moisés.

❧

O homem colérico atiça a querela, o homem paciente acalma a rixa.

Provérbios, 15

❧

Quanto a nós, esperamos por Yaveh

Quanto a nós, nós esperamos por Yaveh: ele é nosso auxílio e nosso escudo.
Nele se alegra o nosso coração, é no seu nome santo que confiamos.
Yaveh, que teu amor esteja sobre nós, assim como está em ti nossa esperança!

Salmo 33

❧

O espírito do Senhor Yaveh
está sobre mim

O espírito do Senhor Yaveh está sobre mim, porque Yaveh me ungiu; enviou-me a anunciar a boa nova aos pobres, a curar os quebrantados de coração e proclamar a liberdade aos cativos, a libertação aos que estão presos, a proclamar um ano aceitável a Yaveh e um dia de vingança do nosso Deus, a fim de consolar todos os enlutados (a fim de pôr aos enlutados de Sião…).
Eles reedificarão as ruínas antigas, recuperarão as regiões despovoadas de outrora; repararão as cidades devastadas, as regiões que ficaram despovoadas por muitas gerações.
Estrangeiros estarão aí para apascentar os vossos rebanhos; alienígenas serão os vossos lavradores e os vossos vinhateiros.

Isaías, 61. Prece por todas as nações da terra.

Transbordo de alegria

Transbordo de alegria em Yaveh, a minha alma se regozija no meu Deus, porque ele me vestiu com vestes de salvação, cobriu-me com um manto de justiça, como um noivo que se adorna com um diadema, como uma noiva que se enfeita com as suas jóias.
Com efeito, como a terra faz brotar a sua vegetação, e o jardim faz germinar as suas sementes, assim o Senhor Yaveh faz germinar a justiça e o louvor na presença de todas as nações.

Isaías, 61

❧

Quando voltarei a ver a face de Deus?

Como a corça bramindo por águas correntes, assim minha alma está bramindo por ti, ó meu Deus!
Minha alma tem sede de Deus, do Deus vivo; quando voltarei a ver a face de Deus?
As lágrimas são meu pão noite e dia, e todo dia me perguntam: "Onde está o teu Deus?"
Por que te curvas, ó minha alma, gemendo dentro de mim? Espera em Deus, eu ainda o louvarei, a salvação da minha face e meu Deus!
Grita um abismo a outro abismo com o fragor das tuas cascatas; tuas vagas todas e tuas ondas passaram sobre mim.
De dia Yaveh manda o seu amor, e durante a noite eu vou cantar uma prece ao Deus da minha vida.

Salmo 42

❧

Ouviste a minha voz

De minha angústia clamei a Yaveh, e ele me respondeu; do seio do Xeol pedi ajuda, e tu ouviste a minha voz.

Jonas, 2

❧

Eu me lembrei de Yaveh

Lançaste-me nas profundezas, no seio dos mares, e a torrente me cercou, todas as tuas ondas e as tuas vagas passaram sobre mim.
As águas me envolveram até o pescoço, o abismo cercou-me, e a alga enrolou-se em volta de minha cabeça.
Quando minha alma desfalecia em mim, eu me lembrei de Yaveh, e minha prece chegou a ti, até o teu santo Templo.

> *Jonas, 2. Após se recusar a converter a cidade de Nínive, Jonas saiu para o mar. Assustados com a tempestade, sinal da cólera divina, os marinheiros jogaram-no por cima da amurada, e um grande peixe — uma baleia, segundo a tradição — manteve-o por três dias em seu ventre. Ali, ele orou.*

❧

Ouve, meu povo, eu te conjuro

Soai a trombeta pelo novo mês, porque é uma lei para Israel, uma decisão do Deus de Jacó.
Ouve, meu povo, eu te conjuro, oxalá me ouvisses, Israel!
Nunca haja em ti um deus alheio, nunca adores um deus estrangeiro; eu sou Yaveh, teu Deus, que te fiz subir da terra do Egito, abre a boca e eu a encherei.

Salmo 81

❧

Cantos de ação de graças oferecer-te-ei

Aqueles que veneram vaidades mentirosas abandonam o seu amor.
Quanto a mim, com cantos de ação de graças, oferecer-te-ei sacrifícios e cumprirei os votos que tiver feito: a Yaveh pertence a salvação!

Jonas, 2

❧

Ó céus, bendizei o Senhor

Ó céus, bendizei o Senhor: louvai-o e exaltai-o para sempre!
E vós, todas as águas acima dos céus, bendizei o Senhor: louvai-o e exaltai-o para sempre!
Sol e lua, bendizei o Senhor: louvai-o e exaltai-o para sempre!
Estrelas do céu, bendizei o Senhor: louvai-o e exaltai-o para sempre!
Todas as chuvas e orvalhos, bendizei o Senhor: louvai-o e exaltai-o para sempre!
Todos os ventos, bendizei o Senhor: louvai-o e exaltai-o para sempre!
Fogo e calor, bendizei o Senhor: louvai-o e exaltai-o para sempre!

Frio e ardor, bendizei o Senhor: louvai-o e exaltai-o para sempre!

Gelo e frio, bendizei o Senhor: louvai-o e exaltai-o para sempre!

Geadas e neves, bendizei o Senhor: louvai-o e exaltai-o para sempre!

Noites e dias, bendizei o Senhor: louvai-o e exaltai-o para sempre!

Luz e trevas, bendizei o Senhor: louvai-o e exaltai-o para sempre!

Relâmpagos e nuvens, bendizei o Senhor: louvai-o e exaltai-o para sempre!

E vós, montanhas e colinas, bendizei o Senhor: louvai-o e exaltai-o para sempre!

Tudo o que germina sobre a terra, bendizei o Senhor: louvai-o e exaltai-o para sempre!

Daniel, 3. Cântico dos companheiros de Daniel, jogados na fornalha e poupados do fogo.

❦

É ELE QUEM MUDA TEMPOS

Que o nome de Deus seja bendito de eternidade em eternidade, pois são dele a sabedoria e a força.
É ele quem muda tempos e estações, quem depõe reis e entroniza reis, quem dá aos sábios a sabedoria e a ciência aos que sabem discernir.

Daniel, 2

❦

Não esmaga na justiça aquele que nada tem. Pois o Senhor será seu defensor.

Provérbios

Louvai-o e exaltai-o para sempre

Mares e rios, bendizei o Senhor: louvai-o e exaltai-o para sempre!

Grandes peixes e tudo o que se move nas águas, bendizei o Senhor: louvai-o e exaltai-o para sempre!

Vós, todos os pássaros do céu, bendizei o Senhor: louvai-o e exaltai-o para sempre!

E vós, ó filhos dos homens, bendizei o Senhor: louvai-o e exaltai-o para sempre!

Vós, servos do Senhor, bendizei o Senhor: louvai-o e exaltai-o para sempre!

Vós, espíritos e almas dos justos, bendizei o Senhor: louvai-o e exaltai-o para sempre!

Vós, santos e humildes de coração, bendizei o Senhor: louvai-o e exaltai-o para sempre!

Porque ele nos livrou do Abismo e nos salvou da mão da morte, libertando-nos da chama da fornalha ardente e retirando-nos do meio do fogo. Dai graças ao Senhor, porque ele é bom, porque a sua misericórdia é para sempre.

Daniel, 3

❧

O QUE NÓS OUVIMOS

O que nós ouvimos e conhecemos, o que nos contaram nossos pais, não o esconderemos a seus filhos; nós o contaremos à geração seguinte: os louvores de Yaveh e seu poder, e as maravilhas que realizou.
Para que a geração seguinte os conhecesse, os filhos que iriam nascer: que se levantem e os contem a seus filhos, para que ponham em Deus sua confiança, não se esqueçam dos feitos de Deus e observem seus mandamentos.

Salmo 78

❧

A quem retribui o bem com o mal, a desgraça não se afastará de sua casa.

Provérbios, 17

❖

Concede misericórdia

Qual Deus é como tu, que tira a culpa e perdoa o crime, que não guarda para sempre a sua ira, porque prefere o amor?
Manifesta novamente a tua misericórdia por nós, calca aos pés as nossas faltas e lança no fundo do mar todos os nossos pecados!
Concede a Jacó tua fidelidade, misericórdia a Abraão, como juraste a nossos pais desde os dias de antanho.

Miquéias, 7. O profeta Miquéias evoca o perdão de Deus.

❖

Tu saíste para salvar o teu ungido

Tu saíste para salvar o teu povo, para salvar o teu ungido.
E ouvi! Minhas entranhas tremeram. A esse ruído meus lábios estremeceram.
Yaveh, meu Senhor, é a minha força, torna meus pés semelhantes aos das gazelas, e faz-me caminhar nas alturas.
Ao mestre de canto. Para instrumentos de corda.

Habacuc, 3. Prece do profeta Habacuc, apelo à nossa esperança.

❧

Ele terá compaixão de todos vós

Bendito seja Deus, que vive eternamente, e bendito seja o seu reino, que dura pelos séculos!
Pois é ele quem castiga e tem piedade, faz descer às profundezas dos infernos e retira da grande Perdição: nada há que escape de sua mão.
Celebrai-o, filhos de Israel, diante das nações! Porque vos dispersou entre elas, e aí vos mostrou sua grandeza.
Exaltai-o na presença de todos os seres vivos, pois ele é nosso Senhor, ele é nosso Deus, ele é nosso Pai, ele é Deus por todos os séculos!
Se Ele vos castiga por vossas injustiças, terá compaixão de todos vós.
Eu exalto a meu Deus, minha alma louva o Rei do Céu e se alegra com a sua majestade.

Tobias, 13. Prece do velho Tobias, cego, exilado em Nínive, quando recuperou a visão milagrosamente.

YAVEH É O ABRIGO DO POBRE

Diz o insensato no seu coração: "Deus não existe!"
Do céu Yaveh se inclina sobre os filhos de Adão, para ver se há um sensato, alguém que busque a Deus.
Estão todos desviados e obstinados também: não há um que faça o bem, não há um, sequer.
Não sabem todos os malfeitores que devoram meu povo, como se comessem pão, e não invocam a Yaveh?
Eles tremerão de medo lá, sem haver razão de medo, pois Deus está com os justos: vós confundis o plano do pobre, mas Yaveh é o seu abrigo.
Quem trará de Sião a salvação para Israel?
Quando Yaveh mudar a sorte do seu povo, Jacó exultará e Israel se alegrará.

Salmo 14

✥

Cada qual fala com duplo coração

Socorro, Yaveh! O fiel está sumindo!
A lealdade desaparece dentre os filhos de Adão!
Cada qual mente ao seu próximo, falando com lábios fluentes e duplo coração.
Sim, Yaveh, tu nos guardarás, livrando-nos desta geração para sempre.

> Salmo 12. Alguns salmos, como este, são pedidos de socorro, de perdão.

Meu protetor

Eu te dou graças, Senhor, Rei, e louvo-te, Deus meu Salvador. Eu rendo graças a teu nome.

Porque foste para mim um protetor e um sustentáculo e livraste meu corpo da ruína, do laço da má língua e dos lábios que fabricam a mentira; na presença dos que me rodeiam foste meu sustentáculo e me livraste.

Rodeavam-me por todos os lados, mas não havia quem me ajudasse; procurei pelo socorro dos homens e nada.

Então lembrei-me de tua misericórdia, Senhor, e de tuas obras, desde toda eternidade.

Em minha juventude, antes de minhas viagens, procurei abertamente a sabedoria na oração; à porta do santuário apreciei-a e até meu último dia a procurarei.

Na sua flor, como uva amadurecida, meu coração colocava sua alegria.

Minha alma lutou para a possuir, observei atentamente a lei.

Que a vossa alma encontre sua alegria na misericórdia do Senhor, não vos envergonhareis de o louvar.

Fazer a vossa obra antes do tempo fixado, e no dia fixado ele vos dará a vossa recompensa.

Eclesiástico, 51. Ação de graças do sábio Sirac.

❖

Mantém meus passos

Podes sondar-me o coração, visitar-me pela noite, provar-me com fogo: murmuração nenhuma achas em mim; minha boca não transgrediu como costumam os homens.
Eu observei a palavra dos teus lábios, no caminho prescrito mantendo os meus passos; meus pés não tropeçaram nas tuas pegadas.
Eu clamo a ti, pois tu me respondes, ó Deus!
Inclina a mim teu ouvido, ouve a minha palavra.

Salmo 17

❖

Louvai a Yaveh na terra, raio e granizo, neve e bruma, e furacão cumpridor da sua palavra.
Louvor de todos os fiéis, dos filhos de Israel, seu povo íntimo.

Salmo 148, também conhecido como Hino à Alegria.

ENTOA UM CÂNTICO

Já que, em Israel, os guerreiros soltaram a cabeleira e o povo espontaneamente se apresentou, bendizei a Yaveh!
Ó reis, ouvi! Ó príncipes, escutai!
A Yaveh, eu, sim, eu cantarei, celebrarei a Yaveh, Deus de Israel.
Yaveh! Quando saíste de Seir, quando avançaste nas planícies de Edom, a terra tremeu, troaram os céus, as nuvens desfizeram-se em água. Os montes deslizaram na presença de Yaveh, o do Sinai, diante de Yaveh, o Deus de Israel.
Nos dias de Samgar, filho de Anat, nos dias de Jael, não existiam mais caravanas; aqueles que andavam pelos caminhos seguiam tortuosos atalhos.
As aldeias estavam mortas em Israel, estavam mortas, até que te levantaste, ó Débora, até que te levantaste, mãe em Israel!
Desperta, Débora, desperta!
Desperta, desperta, entoa um cântico!
Do alto dos céus as estrelas lutaram, de seus caminhos, lutaram contra Sísara.
Assim pereçam todos os teus adversários, Yaveh!
Aqueles que te amam sejam como o sol quando se levanta na sua força!

Juízes, 5. Cântico de Débora: esse canto de vitória é um dos textos mais antigos da Bíblia.

Provai e vede como Yaveh é bom

Vou bendizer a Yaveh em todo tempo, seu louvor estará sempre nos meus lábios; eu me glorio de Yaveh: que os pobres ouçam e fiquem alegres.
Este pobre gritou e Yaveh ouviu, salvando-o de suas angústias todas.
Provai e vede como Yaveh é bom, feliz o homem que nele se abriga.
Eles gritam, Yaveh escuta, e os liberta de suas angústias todas. Yaveh está perto dos corações contritos, ele salva os espíritos abatidos.
Os males do justo são muitos, mas de todos eles Yaveh o liberta; Yaveh guarda seus ossos todos, nenhum deles será quebrado.
Yaveh resgata a vida dos seus servos, os que nele se abrigam jamais serão castigados.

Salmo 34

Abre a tua boca

Abre a tua boca em favor do mudo, em defesa dos abandonados; abre a boca, julga com justiça, defende o pobre e o indigente.

> *Provérbios, 31, atribuídos ao rei Salomão cuja sabedoria e cujo senso de justiça a Bíblia celebra, como no episódio do julgamento das duas mães que disputavam um filho.*

Voltamos a ti

Voltai, filhos rebeldes, eu vos curarei de vossas rebeliões! Eis que voltamos a ti, pois tu és Yaveh, nosso Deus.

> *Jeremias, 3*

Ela sorri diante do futuro

Quem encontrará a mulher talentosa? Vale muito mais do que pérolas.

Nela confia o seu marido, e a ela não faltam riquezas.

Traz-lhe a felicidade, não a desgraça, todos os dias de sua vida.

Noite ainda, se levanta, para alimentar os criados. E dá ordens às criadas.

Examina um terreno e o compra, com o que ganha com as mãos planta uma vinha.

Sabe que os negócios vão bem, e de noite sua lâmpada não se apaga.

Estende a mão ao pobre, e ajuda o indigente.

Se neva, não teme pela casa, porque todos os criados vestem roupas forradas.

Na praça o seu marido é respeitado, quando está entre os anciãos da cidade.

Está vestida de força e dignidade, e sorri diante do futuro.

Seus filhos levantam-se para saudá-la, seu marido canta-lhe louvores.

Enganosa é a graça, fugaz a formosura! A mulher que teme a Yaveh merece louvor!

Dai-lhe parte do fruto de suas mãos, e nas portas louvem-na suas obras.

Provérbios, 31

A MULHER ESTÉRIL

O meu coração exulta em Yaveh, a minha força se exalta em meu Deus, a minha boca se escancara contra os meus inimigos, porque me alegro em tua salvação.
Não há Santo como Yaveh (porque outro não há além de ti), e Rocha alguma existe como o nosso Deus.
O arco dos poderosos é quebrado, os debilitados cingidos de força.
Os que viviam na fartura se empregam por comida, e os que tinham fome não precisam trabalhar.
A mulher estéril dá à luz sete vezes, e a mãe de muitos filhos se exaure.
É Yaveh quem faz morrer e viver, faz descer ao Xeol e dele subir.
É Yaveh quem empobrece e enriquece, quem humilha e quem exalta.
Porque a Yaveh pertencem os fundamentos da terra, e sobre eles colocou o mundo.

> 1 Samuel, 2. *Cântico de Ana após o nascimento de seu filho Samuel; essa prece é próxima do* Magnificat.

❧

Ela despojou-se de suas vestes de viúva

A Assíria veio das montanhas do setentrião, veio com as miríades de seu exército. Sua multidão obstruía as torrentes e seus cavalos cobriam as colinas.

Disse que incendiaria meu país, que mataria meus adolescentes a espada, que jogaria por terra meus lactentes, que entregaria como presa minhas crianças, que minhas jovens seriam raptadas.

Mas o Senhor Todo-poderoso os repeliu pela mão de uma mulher.

Ela despojou-se de suas vestes de viúva para o conforto dos aflitos de Israel.

Cantarei ao meu Deus um cântico novo. Senhor, tu és grande e glorioso, admirável em tua força, invencível.

Sirva a ti toda a criação. Porque disseste, e os seres existiram, enviaste teu espírito, e eles foram construídos, e não há quem resista à tua voz.

Mas os que temem o Senhor serão grandes para sempre.

Judite, 16. Cântico de Judite quando matou Holofernes, o cruel general assírio.

Livra-me do medo

Recorda-te, Senhor, manifesta-te no dia de nossa tribulação! A mim, dá-me coragem, Rei dos deuses e dominador de toda autoridade.

Põe em meus lábios um discurso atraente quando eu estiver diante do leão, muda seu coração, para ódio de nosso inimigo, para que ele pereça com todos os seus cúmplices.

A nós, salva-nos com tua mão e vem em meu auxílio, pois estou só e nada tenho fora de ti, Senhor!

Tu sabes o perigo por que passo, que tenho horror da insígnia de minha grandeza, que me cinge a fronte quando apareço em público.

Tua serva não se alegrou, desde os dias de sua mudança até hoje, a não ser em ti, Senhor, Deus de Abraão.

Ó Deus, cuja força a tudo vence, ouve a voz dos desesperados, tira-nos da mão dos malfeitores e a mim, livra-me do medo!

Ester, 4. Prece de Ester a Yaveh antes de enfrentar o rei Assuero para pedir-lhe misericórdia pelos judeus condenados ao extermínio por seu ministro Amã.

❦

Louvai Yaveh no céu, louvai Yaveh na terra. Ele reforça o vigor do seu povo!
Louvor de todos os seus fiéis, dos filhos de Israel, seu povo íntimo.

Salmo 148

❦

Exulta muito, filha de Sião

Exulta muito, filha de Sião!
Grita de alegria, filha de Jerusalém!
Eis que o teu rei vem a ti: ele é justo e vitorioso.
O arco de guerra será eliminado.
Ele anunciará a paz às nações.
O seu domínio irá de mar a mar e do Rio às extremidades da terra.

Zacarias, 9

❧

Minha luz e minha salvação

Yaveh é a minha luz e minha salvação: de quem terei medo?
Yaveh é a fortaleza de minha vida: diante de quem tremerei?
Uma coisa peço a Yaveh e a procuro: é habitar na casa de Yaveh todos os dias de minha vida.
Meu coração diz a teu respeito: "Procura sua face!"
É tua face, Yaveh, que eu procuro.
Meu pai e minha mãe me abandonaram, mas Yaveh me acolhe!
Eu creio que verei a bondade de Yaveh na terra dos vivos.
Espera em Yaveh, sê firme!
Fortalece teu coração e espera em Yaveh!

Salmo 27

❧

Eis que vos enviarei o profeta

Eis que vos enviarei Elias, o profeta, antes que chegue o Dia de Yaveh, grande e terrível. Ele fará voltar o coração dos pais para os filhos e o coração dos filhos para os pais.

Malaquias, 3. O Antigo Testamento é concluído com o livro do profeta Malaquias (seu nome significa mensageiro) por essa promessa, cuja realização Jesus verá na missão de João Batista.

Novo Testamento

⚜

Um leproso se aproximou e se prostrou diante dele, dizendo: "Senhor, se queres, tens poder para purificar-me."

> Mateus, 8. *Os Evangelhos contêm preces bem simples, apelos do coração dirigidos a Jesus por pessoas que estão sofrendo.*

⚜

Minha alma engrandece o Senhor

Minha alma engrandece o Senhor, e meu espírito exulta em Deus meu Salvador, porque olhou para a humilhação de sua serva.
Sim! Doravante as gerações todas me chamarão de bem-aventurada, pois o Todo-poderoso fez grandes coisas em meu favor. Seu nome é santo e sua misericórdia perdura de geração em geração, para aqueles que o temem.
Agiu com a força de seu braço, dispersou os homens de coração orgulhoso.
Depôs poderosos de seus tronos, e a humildes exaltou.
Cumulou de bens a famintos e despediu ricos de mãos vazias.
Socorreu Israel, seu servo, lembrando de sua misericórdia – conforme prometera a nossos pais – em favor de Abraão e de sua descendência, para sempre!

> Lucas, 1. *O texto grego indica-nos de maneira precisa que se trata de um texto destinado a ser cantado e dançado.*

Beatitudes

Bem-aventurados vós, os pobres, porque vosso é o Reino de Deus.

Bem-aventurados vós, que agora tendes fome, porque sereis saciados.

Bem-aventurados vós, que agora chorais, porque haveis de rir.

Bem-aventurados sereis quando os homens vos odiarem, quando vos rejeitarem, insultarem e proscreverem vosso nome como infame, por causa do Filho do Homem.

Alegrai-vos naquele dia e exultai, porque no céu será grande a vossa recompensa; pois do mesmo modo seus pais tratavam os profetas.

Lucas, 6. Proclamação solene do reino do céu, as Beatitudes constituem uma das grandes preces da liturgia cristã.

Depois, sabendo Jesus que tudo estava consumado, disse, para que se cumprisse a Escritura até o fim: "Tenho sede!"

João, 19. Os Evangelhos relatam sete frases do Cristo na cruz, preces breves e pungentes.

E tu, menino

Bendito seja o Senhor Deus de Israel, porque visitou e redimiu o seu povo, e suscitou-nos uma força de salvação na casa de Davi, seu servo, como prometera desde tempos remotos pela boca de seus santos profetas, salvação que nos liberta dos nossos inimigos e da mão de todos os que nos odeiam; para fazer misericórdia com nossos pais, lembrado de sua aliança sagrada, do juramento que fez ao nosso pai Abraão.

E tu, menino, serás chamado profeta do Altíssimo; pois irás diante do Senhor, para preparar-lhe os caminhos, para transmitir ao seu povo o conhecimento da salvação, pela remissão de seus pecados.

Graças ao misericordioso coração do nosso Deus, pelo qual nos visita o Astro das alturas, para iluminar os que jazem nas trevas e na sombra da morte, para guiar nossos passos no caminho da paz.

Lucas, 1

❧

Deixai as crianças virem a mim. Não as impeçais, pois delas é o Reino de Deus.

Mateus, 10

❧

Pai, perdoa-lhes: não sabem o que fazem.

Lucas, 23. Frase do Cristo na cruz.

Bendita és

Ora, quando Isabel ouviu a saudação de Maria, a criança lhe estremeceu no ventre e Isabel ficou repleta do Espírito Santo. Com um grande grito, exclamou: "Bendita és tu entre as mulheres e bendito é o fruto de teu ventre!"
"Feliz aquela que creu, pois o que lhe foi dito da parte do Senhor será cumprido!"

Lucas, 1

Meus olhos viram tua salvação

Agora, Soberano Senhor, podes despedir em paz o teu servo, segundo a tua palavra; porque meus olhos viram tua salvação, que preparaste em face de todos os povos, luz para iluminar as nações, e glória de teu povo, Israel.

Lucas, 2. Ao idoso Simeão fora prometido ver o Messias antes de morrer. Está presente no Templo quando Jesus ali se apresenta.

Pai-nosso

Pai-nosso que estás nos céus,
santificado seja o teu Nome,
venha o teu Reino,
seja feita a tua Vontade
na terra, como no céu.
O pão nosso de cada dia
dá-nos hoje.
E perdoa-nos as nossa dívidas
como também nós perdoamos aos nossos devedores.
E não nos exponhas à tentação
mas livra-nos do Maligno.

> *Mateus, 6. Após revelar a seus discípulos a prece que recita a seu Pai, Jesus ensina a seus discípulos essa prece conhecida em todas as línguas por todos os povos da terra.*

⁕

Mas o centurião respondeu-lhe: "Senhor, não sou digno de receber-te sob o meu teto; basta que digas uma palavra e o meu criado ficará são."

Mateus, 8

⁕

O fariseu e o publicano

Dois homens subiram ao Templo para orar; um era fariseu e o outro publicano. O fariseu, de pé, orava interiormente deste modo: "Ó Deus, eu te dou graças porque não sou como o resto dos homens, ladrões, injustos, adúlteros, nem como este publicano; jejuo duas vezes por semana, pago o dízimo de todos os meus rendimentos." O publicano, mantendo-se à distância, não ousava sequer levantar os olhos para o céu, mas batia no peito dizendo: "Meu Deus, tem piedade de mim, pecador!" Eu vos digo que este último desceu para casa justificado, o outro não. Pois todo aquele que se exalta será humilhado, e quem se humilha será exaltado.

Lucas, 18

❧

Pedi

Pedi e vos será dado; buscai e achareis; batei e vos será aberto; pois todo o que pede recebe; o que busca acha e ao que bate se lhe abrirá. Quem dentre vós dará uma pedra a seu filho, se este lhe pedir pão?

Mateus, 7

❧

Se dois de vós

Em verdade ainda vos digo: se dois de vós estiverem de acordo na terra sobre qualquer coisa que queiram pedir, isso lhes será concedido por meu Pai que está nos céus. Pois onde dois ou três estiverem reunidos em meu nome, ali estou eu no meio deles.

Mateus, 18

❧

Pai, chegou a hora

Pai, chegou a hora: glorifica teu Filho, para que teu Filho te glorifique, e que, pelo poder que lhe deste sobre toda carne, ele dê a vida eterna a todos os que lhe deste!
Ora, a vida eterna é esta: que eles te conheçam a ti, o único Deus verdadeiro, e aquele que enviaste, Jesus Cristo.
Não peço que os tires do mundo, mas que os guardes do Maligno.
Como tu me enviaste ao mundo, também eu os enviei ao mundo.
Não rogo somente por eles, mas pelos que, por meio de sua palavra, crerão em mim: a fim de que todos sejam um.
Como tu, Pai, está em mim e eu em ti, que eles estejam em nós.
Eu lhes dei a conhecer o teu nome e lhes darei a conhecê-lo, a fim de que o amor com que me amaste esteja neles e eu neles.

João, 17. Última prece de Jesus, na véspera de sua morte por seus discípulos e por todos os homens.

❖

Tu, porém, quando orares, entra no teu quarto e, fechando tua porta, ora ao teu Pai que está lá, no segredo; e o teu Pai, que vê no segredo, te recompensará.

Mateus, 6

❖

Deus meu, Deus meu, por que me abandonaste?

Mateus, 27. Frase de Cristo na cruz.

SE EU NÃO TIVESSE A CARIDADE

Ainda que eu falasse línguas, as dos homens e as dos anjos, se eu não tivesse a caridade, seria como um bronze que soa ou como um címbalo que tine.
Ainda que eu tivesse o dom da profecia, o conhecimento de todos os mistérios e de toda a ciência, ainda que tivesse toda a fé, a ponto de transportar montanhas, se não tivesse a caridade, eu nada seria.
Ainda que eu distribuísse todos os meus bens aos famintos, ainda que entregasse o meu corpo às chamas, se não tivesse a caridade, isso nada me adiantaria.
A caridade é paciente, a caridade é prestativa, não é invejosa, não se ostenta, não se incha de orgulho.
Nada faz de inconveniente, não procura o seu próprio interesse.
Não se alegra com a injustiça, mas se regozija com a verdade.
Tudo desculpa, tudo crê, tudo espera, tudo suporta.
A caridade jamais passará.

1 Coríntios, 13. Conhecido como um hino ao amor, esse texto de São Paulo é considerado uma grande prece cristã.

❧

Enquanto Jesus lhes falava sobre essas coisas, veio um chefe e prostrou-se diante dele, dizendo: "Minha filha acaba de morrer. Mas vem, impõe-lhe a mão e ela viverá."

Lucas, 9

❧

Se Cristo não ressuscitou

E, se Cristo não ressuscitou, vazia é a nossa pregação, vazia também é a vossa fé.
Se temos esperança em Cristo tão-somente para esta vida, somos os mais dignos de compaixão de todos os homens.
Com efeito, visto que a morte veio por um homem, também por um homem vem a ressurreição dos mortos.
O último inimigo a ser destruído será a Morte.
Quando, pois, este ser mortal tiver revestido a imortalidade, então cumprir-se-á a palavra da Escritura.
Morte, onde está a tua vitória?

1 Coríntios, 15. Conhecido como um hino de São Paulo à ressurreição.

❧

Partindo Jesus dali, puseram-se a segui-lo dois cegos, que gritavam e diziam: "Filho de Davi, tem compaixão de nós!" Quando entrou em casa, os cegos aproximaram-se dele. Jesus lhes perguntou: "Credes vós que tenho poder de fazer isso?" Eles responderam: "Sim, Senhor." Então tocou-lhes os olhos e disse: "Seja feito segundo a vossa fé."

Mateus, 9

❧

Em verdade, vos digo: chorareis e vos lamentareis, mas o mundo se alegrará.

João, 16

❧

Pai, em tuas mãos entrego o meu espírito.

Lucas, 23. Frase de Cristo na cruz.

Ele nos consola

Bendito seja o Deus e Pai de nosso Senhor Jesus Cristo, o Pai das misericórdias e Deus de toda consolação! Ele nos consola em todas as nossas tribulações, para que possamos consolar os que estão em qualquer tribulação, mediante a consolação que nós mesmos recebemos de Deus.

2 Coríntios, 1

Que Cristo habite pela fé em vossos corações

Por essa razão eu dobro os joelhos diante do Pai – de quem toma o nome toda família no céu e na terra.
Que Cristo habite pela fé em vossos corações e que sejais arraigados e fundados no amor. Assim tereis condições para compreender com todos os santos qual é a largura e o comprimento e a altura e a profundidade, e conhecer o amor de Cristo que excede a todo conhecimento, para que sejais plenificados com toda a plenitude de Deus.

Efésios, 3

❧

Jesus, então, vendo sua mãe e, perto dela, o discípulo a quem amava, disse à sua mãe: "Mulher, eis o teu filho!" Depois disse ao discípulo: "Eis a tua mãe!"

> João, 19. *Jesus confia Maria, sua mãe, ao apóstolo João. Frase de Cristo na cruz.*

❧

OBEDIENTE ATÉ A MORTE

Tende em vós o mesmo sentimento de Cristo Jesus:
Ele tinha a condição divina, e não considerou o ser igual a Deus como algo a que se apegar ciosamente.
Mas esvaziou-se a si mesmo, e assumiu a condição de servo, tomando a semelhança humana.
E, achado em figura de homem, humilhou-se e foi obediente até a morte, e morte de cruz!
Por isso Deus o sobreexaltou grandemente e o agraciou com o Nome que é sobre todo o nome, para que, ao nome de Jesus, se dobre todo joelho dos seres celestes, dos terrestres e dos que vivem sob a terra, e, para glória de Deus, o Pai, toda língua confesse: Jesus é o Senhor.

> Filipenses, 2

⚜

Está consumado!

João, 19. Frase de Cristo na cruz.

⚜

Imagem do Deus invisível

Dando graças ao Pai, que vos fez capazes de participar da herança dos santos na luz.
Ele nos arrancou do poder das trevas e nos transportou para o Reino do seu Filho amado, no qual temos a redenção – a remissão dos pecados.
Ele é a Imagem do Deus invisível, o Primogênito de toda criatura.
Ele é antes de tudo e tudo nele subsiste.

Colossenses, 1

❧

Fazei sua vontade

O Deus da paz, que fez subir dentre os mortos aquele que se tornou, pelo sangue de uma aliança eterna, o grande Pastor de ovelhas, nosso Senhor Jesus, vos torne aptos a todo bem para fazer a sua vontade; que ele realize em nós o que lhe é agradável, por Jesus Cristo, ao qual seja dada a glória pelos séculos dos séculos! Amém.

Hebreus, 13

❧

Ele encabeçará todas as coisas

Bendito seja o Deus e Pai de nosso Senhor Jesus Cristo, que nos abençoou com toda a sorte de bênçãos espirituais, nos céus, em Cristo.
Nele ele nos escolheu antes da fundação do mundo, para sermos santos e irrepreensíveis diante dele no amor.
Para levar o tempo à sua plenitude: a de em Cristo encabeçar todas as coisas, as que estão nos céus e as que estão na terra.

Efésios, 1

❧

Nada poderá nos separar

Quem nos separará do amor de Cristo? A tribulação, a angústia, a perseguição, a fome, a nudez, o perigo, a espada? Mas em tudo isto somos mais que vencedores, graças àquele que nos amou.

Pois estou convencido de que nem a morte nem a vida, nem os anjos nem os principados, nem o presente nem o futuro, nem os poderes, nem a altura nem a profundeza, nem qualquer outra criatura poderá nos separar do amor de Deus manifestado em Cristo Jesus, nosso Senhor.

Romanos, 8

❧

O Espírito da Verdade

E rogarei ao Pai e ele vos dará outro Paráclito, para que convosco permaneça para sempre, o Espírito da Verdade, que o mundo não pode acolher, porque não o vê nem o conhece. Vós o conheceis, porque permanece convosco.

João, 14

Prece de São Pedro

Bendito seja o Deus e Pai de nosso Senhor Jesus Cristo, que, em sua grande misericórdia, nos gerou de novo, pela ressurreição de Jesus Cristo dentre os mortos, para uma esperança viva, para uma herança incorruptível, imaculada e imarcescível, reservada nos céus para vós, os que, mediante a fé, fostes guardados pelo poder de Deus para a salvação prestes a revelar-se no tempo do fim.

Nisso deveis alegrar-vos, ainda que agora, se necessário, sejais contristados por um pouco de tempo, em virtude de várias provações, a fim de que a autenticidade comprovada da vossa fé, mais preciosa do que o ouro que perece, cuja genuidade é provada pelo fogo, alcance louvor, glória e honra por ocasião da Revelação de Jesus Cristo. A ele, embora não o tenhais visto, amais; nele, apesar de o não terdes visto, mas crendo, vos rejubilais com uma alegria inefável e gloriosa, pois que alcançais o fim da vossa fé, a saber, a salvação das vossas almas.

1 Pedro, 1

❦

Em verdade, eu te digo, hoje estarás comigo no Paraíso.

Lucas, 23. Frase de Cristo na cruz.

❦

Porque foi do teu agrado

Eu te louvo, ó Pai, Senhor do céu e da terra, porque ocultaste essas coisas aos sábios e entendidos, e as revelaste aos pequeninos. Sim, ó Pai, porque assim foi do teu agrado.

Lucas, 10

Prece de São João

Caríssimos, amemo-nos uns aos outros, pois o amor é de Deus e todo aquele que ama nasceu de Deus e conhece a Deus.
Aquele que não ama, não conheceu a Deus, porque Deus é Amor.
Nisto se manifestou o amor de Deus por nós; Deus enviou o seu Filho único ao mundo para que vivamos por ele.
Nisto consiste o amor: não fomos nós que amamos a Deus, mas foi ele quem nos amou e enviou-nos o seu Filho como vítima de expiação pelos nossos pecados.
Ninguém jamais contemplou a Deus. Se nos amarmos uns aos outros, Deus permanece em nós.
Se alguém disser: "Amo a Deus", mas odeia o seu irmão, é um mentiroso: pois quem não ama seu irmão, a quem vê, a Deus, a quem não vê, não poderá amar.

1 João, 4

❧

Por esse tempo, pôs-se Jesus a dizer: "Eu te louvo, ó Pai, Senhor do céu e da terra, porque ocultaste estas coisas aos sábios e doutores e as revelaste aos pequeninos."

Mateus, 11

❧

Se o nosso coração não nos acusa

Caríssimos, se o nosso coração não nos acusa, temos confiança em Deus; e tudo o que lhe pedimos recebemos dele, porque guardamos os seus mandamentos e fazemos o que lhe é agradável.
Este é o seu mandamento: crer no nome do seu Filho Jesus Cristo e amar-nos uns aos outros.

1 João, 3

Nunca mais terão fome nem sede

Depois disso, eis que vi uma grande multidão, que ninguém podia contar, de todas as nações, tribos, povos e línguas. Estavam de pé diante do trono e diante do Cordeiro, trajados com vestes brancas e com palmas na mão. E, em alta voz, proclamavam: "A salvação pertence ao nosso Deus, que está sentado no trono, e ao Cordeiro!"

E todos os Anjos que estavam ao redor do trono, dos Anciãos e dos quatro Seres vivos se prostraram diante do trono para adorar a Deus. E diziam: "Amém! O louvor, a glória, a sabedoria, a ação de graças, a honra, o poder e a força pertencem ao nosso Deus pelos séculos dos séculos. Amém!"

Nunca mais terão fome nem sede, o sol nunca mais os afligirá, nem qualquer calor ardente; pois o Cordeiro que está no meio do trono os apascentará, conduzindo-os até às fontes de água da vida. E Deus enxugará toda lágrima de seus olhos.

Apocalipse, 7

❧

Ele enxugará toda lágrima dos seus olhos

Nisto ouvi uma voz forte que, do trono, dizia:
"Eis a tenda de Deus com os homens. Ele habitará com eles; eles serão o seu povo, e ele, Deus-com-eles, será o seu Deus. Ele enxugará toda lágrima dos seus olhos, pois nunca mais haverá morte, nem luto, nem clamor, e nem dor haverá mais. Sim! As coisas antigas se foram!"
Nós te damos graças, Senhor Deus Todo-poderoso, "Aquele-que-é e Aquele-que-era", porque assumiste o teu grande poder e passaste a reinar.

Apocalipse, 11

❧

Amai os vossos inimigos

Ouvistes que foi dito: "Amarás o teu próximo e odiarás o teu inimigo." Eu, porém, vos digo: amai os vossos inimigos e orai pelos que vos perseguem; desse modo vos tornareis filhos do vosso Pai que está nos céus, porque ele faz nascer o seu sol igualmente sobre maus e bons e cair a chuva sobre justos e injustos.

Mateus, 5

❧

Ninguém pode servir a dois senhores

Ninguém pode servir a dois senhores. Com efeito, ou odiará um e amará o outro, ou se apegará ao primeiro e desprezará o segundo. Não podeis servir a Deus e ao Dinheiro.

Por isso vos digo: não vos preocupeis com a vossa vida quanto ao que haveis de comer, nem com o vosso corpo quanto ao que haveis de vestir. Não é a vida mais do que o alimento e o corpo mais do que a roupa?

Olhai as aves do céu: não semeiam, nem colhem, nem ajuntam em celeiros. E, no entanto, vosso Pai celeste as alimenta. Ora, não valeis vós mais do que elas?

E, no entanto, eu vos asseguro que nem Salomão, em toda sua glória, se vestiu como uma delas.

Mateus, 6

❧

Não crestes nele

Em verdade vos digo que os publicanos e as prostitutas estão vos precedendo no Reino de Deus. Pois João veio a vós, num caminho de justiça, e não crestes nele. Os publicanos e as prostitutas creram nele. Vós, porém, vendo isso, nem sequer reconsiderastes para crer nele.

Mateus, 21

❧

Os sãos não têm necessidade de médico, e sim os doentes; não vim chamar os justos, mas sim os pecadores, ao arrependimento.

Lucas, 5

❦

TIRA PRIMEIRO A TRAVE DE TEU OLHO

Por que olhas o cisco no olho de teu irmão, e não percebes a trave que há no teu?
Hipócrita, tira primeiro a trave de teu olho, e então verás bem para tirar o cisco do olho de teu irmão.
Por que me chamais "Senhor! Senhor!", mas não fazeis o que eu digo?

Lucas, 6

Nem eu te condeno

Mestre, esta mulher foi surpreendida em flagrante delito de adultério. Na lei, Moisés nos ordena apedrejar tais mulheres. Tu, pois, que dizes? Jesus, inclinando-se, escrevia na terra com o dedo. Como persistissem em interrogá-lo, ergueu-se e lhes disse: "Quem dentre vós estiver sem pecado, seja o primeiro a lhe atirar uma pedra!" Inclinando-se de novo, escrevia na terra. Eles, porém, ouvindo isso, saíram um após outro, a começar pelos mais velhos. Ele ficou sozinho e a mulher permanecia lá, no meio. Então, erguendo-se, Jesus lhe disse: "Mulher, onde estão eles? Ninguém te condenou?" Disse ela: "Ninguém, Senhor." Disse, então, Jesus: "Nem eu te condeno. Vai, e de agora em diante não peques mais."

João, 8

Onde está o vosso tesouro

Buscai o seu Reino, e essas coisas vos serão acrescentadas. Vendei vossos bens e dai esmola. Fazei bolsas que não fiquem velhas, um tesouro inesgotável nos céus, onde o ladrão não chega nem a traça rói. Pois onde está o vosso tesouro, aí estará também o vosso coração.

Lucas, 12

Abraão viu meu dia

Vós sois do diabo, vosso pai, e quereis realizar os desejos de vosso pai.
Mas, porque digo a verdade, não credes em mim.
Em verdade, em verdade, vos digo: se alguém guardar minha palavra, jamais verá a morte.
Disseram-lhe os judeus: "Agora sabemos que tens um demônio. Abraão morreu, os profetas também, mas tu dizes: 'Se alguém guardar minha palavra, jamais provará a morte.' És, porventura, maior que nosso pai Abraão, que morreu? Os profetas também morreram. Quem pretendes ser?"
Abraão, vosso pai, exultou por ver o meu Dia. Ele o viu e encheu-se de alegria!

João, 8

O galo não cantará

Simão Pedro lhe diz: "Senhor, para onde vais?" Respondeu-lhe Jesus: "Não podes seguir-me agora aonde vou, mas me seguirás mais tarde." Pedro lhe diz: "Por que não posso seguir-te agora? Darei a minha vida por ti." Jesus lhe responde: "Darás a tua vida por mim? Em verdade, em verdade, te digo: o galo não cantará sem que me renegues três vezes."

João, 13

Há muitas moradas

Não se perturbe o vosso coração!
Credes em Deus, crede também em mim.
Na casa de meu Pai há muitas moradas. Se não fosse assim, eu vos teria dito, pois vou preparar-vos um lugar, e quando eu me for e vos tiver preparado um lugar, virei novamente e vos levarei comigo, a fim de que, onde eu estiver, estejais vós também.

João, 14

❧

Eis que estou à porta

Quanto a mim, repreendo e educo todos aqueles que amo. Recobra, pois, o fervor e converte-te! Eis que estou à porta e bato: se alguém ouvir minha voz e abrir a porta, entrarei em sua casa e cearei com ele, e ele comigo.

Apocalipse, 3

A MENSAGEM BÍBLICA

A mensagem bíblica é um ideal de libertação do homem, de solidariedade e de unidade do gênero humano, fundamentada na revelação do Deus de amor único.

No patrimônio cultural da humanidade, os gregos ensinaram-nos a filosofia, os romanos o direito, a Bíblia nos revelou o monoteísmo, e, até hoje, jamais encontramos nada mais elevado e melhor para definir o espírito religioso do homem.

O Antigo Testamento representa um pequeno milênio da aventura do povo israelita e judeu. É muito pouco em comparação com a história da humanidade, mas essa parte decisiva de nosso passado constitui nosso patrimônio e, para nós, é um dever voltar a ela para conhecê-la e revivê-la, como se volta em busca de lembranças à casa de nossa infância.

O Novo Testamento, inteiramente inspirado no Antigo e impregnado dele, torna os cristãos os irmãos caçulas dos judeus. Cristo e seus apóstolos são judeus. O anúncio do Evangelho é o da realização da promessa aguardada desde a noite do pecado de nossos primeiros progenitores. O Messias veio devolver-nos a vida. Ser cristão significa viver entre irmãos no amor do qual Deus é a fonte, Cristo é o dom total, e o espírito é a força.

Outra religião monoteísta, o islamismo, reconhece suas raízes bíblicas que interpreta livremente com fé e respeito. O Corão cita os livros de Moisés, os salmos de Davi e os Evangelhos de Jesus, entre eles, esta passagem: "Sou o apóstolo de Deus, dizia Jesus, filho de Maria. Venho confirmar o livro que me precedeu e anunciar-vos a vinda do profeta que me seguirá e cujo nome é Maomé." O ancestral bíblico do islamismo, por seu filho Ismael, é Abraão.

Nenhum livro foi mais traduzido, mais lido, mais citado e mais comentado. Há dois mil anos, todas as formas da arte fazem seus acontecimentos e personagens reviverem. O cristianismo privilegiou desde cedo as artes figurativas e a música; o judaísmo não proscreve as imagens e os monumentos; o islamismo nos oferece obras-primas de arte decorativa e de caligrafia. E o que dizer da literatura inesgotável (romance, poesia, teatro, etc.) suscitada pela Bíblia?

Lista de livros da Bíblia

Eis a ordem dos diversos livros que compõem a Bíblia, como adotada pela Bíblia de Jerusalém.

O ANTIGO TESTAMENTO

Pentateuco
Gênesis
Êxodo
Levítico
Números
Deuteronômio

Livros históricos
Josué
Juízes
Rute
Primeiro Samuel
Segundo Samuel

Primeiro Reis
Segundo Reis

Primeiro Crônicas
Segundo Crônicas

Esdras
Neemias
Tobias
Judite
Ester
Primeiro Macabeus
Segundo Macabeus

Livros poéticos e sapienciais
Jó
Salmos
Provérbios
Eclesiastes
Cântico dos cânticos
Sabedoria
Eclesiástico

Livros proféticos
Isaías

Jeremias
Lamentações
Baruc
Ezequiel
Daniel
Oséias
Joel
Amós
Abdias

Jonas
Miquéias
Naum
Habacuc
Sofonias
Ageu
Zacarias
Malaquias

O NOVO TESTAMENTO

Evangelho segundo São Mateus
Evangelho segundo São Marcos
Evangelho segundo São Lucas
Evangelho segundo São João

Atos dos Apóstolos

Romanos
Primeira epístola aos coríntios
Segunda epístola aos coríntios
Gálatas
Efésios
Filipenses
Colossenses
Primeira epístola aos
    tessalonicenses

Segunda epístola aos
    tessalonicenses
Primeira epístola a Timóteo
Segunda epístola a Timóteo
Tito
Filemon
Hebreus

Epístola de São Tiago
Primeira epístola de São Pedro
Segunda epístola de São Pedro
Primeira epístola de São João
Segunda epístola de São João
Terceira epístola de São João
Epístola de São Judas

Apocalipse

Resumo dos livros da Bíblia dos quais foram extraídas as "palavras" desta coletânea

GÊNESIS: O livro que abre a Bíblia conta a criação do mundo, da humanidade e o nascimento do povo de Israel. Deus confia ao homem o mundo cuja criação concluiu em sete dias. Os primeiros homens não o usam da melhor maneira, o que explica o Dilúvio. Deus estabelece uma aliança com Abraão, que ouviu seu chamado e respondeu pela fé. O Gênesis relata a vida de seus descendentes, Isaac, Jacó, cujos doze filhos serão os ancestrais das tribos de Israel. O Gênesis acaba com a história de um deles, José.

ÊXODO: Os hebreus oprimidos fogem do Egito sob a liderança de Moisés, convocado por Deus a libertá-los lançando as dez pragas sobre o país e a conduzi-los pelo deserto depois de atravessar o mar milagrosamente. No caminho para a Terra Prometida, recebem no Sinai a lei dada a Moisés que sela a Aliança entre Deus e seu povo.

DEUTERONÔMIO: A maior parte deste livro retoma as leis enunciadas nos livros anteriores, daí o sentido de seu título: "A segunda lei". É formado por discursos de Moisés, preceitos e sentenças.

JUÍZES: Quando se lê este livro, descobre-se que a conquista foi lenta e difícil. Os juízes foram os chefes militares das tribos reunidas: Gedeão, Jefté, Sansão entre outros e, entre eles, uma mulher: Débora.

SAMUEL: Este livro é tradicionalmente dividido em dois. Conta o nascimento do profeta Samuel, que indica um primeiro rei para Israel.

Saul será infiel à missão e entra em guerra aberta contra Davi, que Samuel escolheu para sucedê-lo. O livro relata em seguida o longo reinado de Davi em Hebron e depois em Jerusalém.

REIS: Igualmente dividido em dois livros, é a narrativa do reinado de Salomão, filho de Davi, que constrói o Templo de Jerusalém. A crônica continua após sua morte: as tribos divididas separam-se em dois reinos, Israel e Judá.

CRÔNICAS: Também dividido em dois, esse livro retoma a história de Israel e particularmente a história real. Davi aparece como a figura central e ideal da monarquia. Escrito em meados do século IV a.C., completa os livros dos Reis.

NEEMIAS: Neemias é enviado a Jerusalém para erguer as muralhas e reorganizar a vida pública. O livro que leva seu nome constituía em outros tempos parte do livro de Esdras, o qual completa.

TOBIAS: Esse romance popular atemporal e edificante testemunha a vitalidade da fé de Israel no exílio. Tobit, idoso e devoto, dedica-se generosamente à sua comunidade de deportados quando fica cego. Seu filho Tobias assume os problemas e vai viajar com um personagem misterioso que se revela ser o arcanjo Gabriel, que ajudará a curar seu pai na volta.

JUDITE: Essa viúva devota e bela sai de sua cidade sitiada e vai até o campo inimigo onde seduz o general Holofernes, embriaga-o e corta-lhe a cabeça, provocando a derrota do inimigo e salvando seu povo.

ESTER: Este livro, muito popular no judaísmo, conta a história de uma judia jovem e bonita, que entra para o harém do rei da Pérsia. Seu tio Mardoqueu suplica-lhe que intervenha, contra todos os costumes da corte, junto ao rei, cujo ministro vai exterminar a colônia dos judeus exilados. Ester cumpre sua missão. O ministro denunciado é enforcado, e Mardoqueu nomeado em seu lugar.

SEGUNDO MACABEUS: Essa narrativa sublinha as divisões reinantes entre os sacerdotes de Jerusalém, alguns dos quais adotaram a cultura grega e colaboram com os ocupantes. Conta o martírio de Eleazar, idoso e doutor da lei, e o dos sete irmãos presos com sua mãe, que preferem morrer a transgredir a Lei.

JÓ: Esse longo poema narra os sofrimentos de um justo. Jó é esmagado por provações e tenta compreender de onde vem esse mal. Alguns amigos bem-intencionados incitam-no a reconhecer seus pecados. Ele sabe ser inocente e trava um diálogo pungente com Deus. Sua confiança e sua fé fazem com que recupere todos os seus bens.

SALMOS: O livro da prece bíblica por excelência. Cerca da metade dos 150 poemas foi composta e cantada por Davi. Acompanham o culto e a vida cotidiana em todas as circunstâncias há mais de dois mil anos e ainda hoje na sinagoga, para os judeus, nas igrejas e nos mosteiros, para os cristãos.

PROVÉRBIOS: Coletânea de sentenças e reflexões de sabedoria, atribuída a Salomão, referente à conduta moral na vida cotidiana.

ECLESIASTES: É um livro de reflexão sobre o ciclo da natureza e da vida do homem, da juventude à velhice, que exorta viver comedidamente, pois tudo é vaidade perante a morte.

CÂNTICO DOS CÂNTICOS: Coletânea de poemas de amor com múltiplas evocações, atribuída a Salomão. De um lirismo poderoso, exprime o desejo ardente de dois seres e a alegria de sua união.

SABEDORIA: É um apelo para seguir a filosofia como fonte de vida, tirando lições úteis da História e da vida cotidiana. Como a justiça, a sabedoria vem de Deus. Pela primeira vez na Bíblia é evocada a imortalidade.

ECLESIÁSTICO: Coletânea escrita contra a difusão da filosofia grega, que lembra em termos simples e familiares o que constitui a felicidade do homem fiel a Deus – a saúde e a amizade –, mas que também denuncia as fraquezas da existência, suas preocupações e pesares. Um pequeno tratado que ensina como viver.

ISAÍAS: Primeiro livro dos profetas escritores, reúne uma tradição que se abre com a mensagem de Isaías e termina com uma evocação da restauração de Jerusalém e uma lembrança das exigências do direito e da justiça. Profeta da Fé, visionário, denuncia a infidelidade dos reis e do povo, anuncia o castigo e o exílio. Mas virá a salvação, a mensagem de Isaías sustenta a Fé nas provações.

JEREMIAS: Profeta lúcido, exigente e controvertido, seu livro compreende três partes principais. Nos oráculos contra Judá e Jerusalém, denuncia a injustiça social e a incoerência política dos reis. A segunda parte, redigida por seus discípulos, conta-nos sua vida e seu combate contra aqueles que o acusam em Jerusalém de ser um colaborador e um profeta da desgraça. Os últimos textos anunciam uma nova esperança para Israel.

LAMENTAÇÕES: Dois livrinhos atribuídos ao secretário de Jeremias, Baruc, e fiéis às inspirações do mestre. Ao mesmo tempo reflexão, prece de esperança e meditação sobre a provação vivida pelos exilados.

DANIEL: Esse jovem exilado acaba exercendo altas funções na corte de Nabucodonosor. Revela-se um intérprete sábio dos sonhos do rei, mas, com seus amigos, recusa-se a abandonar sua Fé. É jogado aos leões. Escrito por volta do século III a.C., inaugura o gênero literário dos apocalipses.

JOEL: Anuncia o julgamento de Deus sobre o reino de Judá e prega o arrependimento.

JONAS: Enviado contra a sua vontade para converter Nínive, tenta escapar de sua missão e vê-se engolido por um peixe grande que o recoloca no caminho correto. Não compreende por que Nínive se converte.

MIQUÉIAS: Seu livrinho denuncia a opressão sob todas as formas, anuncia a renovação da dinastia de Davi e o nascimento do Messias em Belém.

HABACUC: Questiona o motivo que leva Deus a escolher os caldeus para castigar Jerusalém.

ZACARIAS: Contemporâneo de Ageu, seu livro, em duas partes, descreve, em primeiro lugar, a exigência de uma reforma religiosa e moral para acompanhar a reconstrução de Jerusalém, em seguida sustenta a esperança messiânica.

MALAQUIAS: Seu livro de três capítulos é célebre porque anuncia a vinda do Messias.

EVANGELHO SEGUNDO SÃO MATEUS: O autor do primeiro livro do Novo Testamento também é chamado de Levi: é um judeu que se tornou apóstolo de Jesus. Escreve para os judeus, convertidos ou não ao cristianismo, para lhes expor como Jesus cumpriu a Lei e deu razão aos Profetas.

EVANGELHO SEGUNDO SÃO LUCAS: Lucas é um médico e um historiador de cultura grega. É amigo fiel de Paulo. Fornece-nos uma biografia de Jesus, com informações sobre sua família e sua infância. É o único a contar a Transfiguração e a Ascensão de Jesus, manifestando sua glória celeste. Dá uma dimensão universal à mensagem de Jesus.

EVANGELHO SEGUNDO SÃO JOÃO: É chamado Evangelho espiritual, porque dá menos atenção aos dados históricos do que à meditação sobre o mistério de Jesus. O texto é escrito no final do século I a.C., portanto após os três outros Evangelhos. É uma coletânea dos discursos de Jesus sobre a Fé, a Luz e a Vida, e da mensagem de Amor que Jesus entrega a seus apóstolos.

ROMANOS: Com a intenção, no início do ano de 57, de visitar os cristãos de Roma, em sua maioria pagãos convertidos, Paulo envia-lhes essa carta que é uma exposição magistral e difícil sobre a Fé e a Salvação.

CORÍNTIOS: Paulo dirige duas cartas a essa Igreja que fundou. A primeira dá conselhos sobre a organização da comunidade – as reuniões, os casamentos, os perigos dos costumes pagãos – e contém também a primeira narrativa conhecida da Última Ceia de Cristo. Na segunda, Paulo faz um apelo pela solidariedade entre os cristãos.

EFÉSIOS: Por vezes atribuída a um discípulo de Paulo, ou considerada como uma carta escrita durante o cativeiro do apóstolo em Roma. É uma síntese de todo o seu ensinamento, em particular sobre a Igreja.

FILIPENSES: Essa comunidade da Macedônia enviou subsídios a Paulo, preso em Éfeso. Ele agradece-lhe calorosamente e a exorta à humildade, à serenidade e ao desinteresse, à imagem de Cristo que foi "até os conflitos do nada" para nos salvar.

COLOSSENSES: Essa comunidade da Ásia Menor está ao mesmo tempo ameaçada pelos judeus, que observam rigorosamente os rituais, e pelas doutrinas esotéricas. Paulo lembra a ela a essência da mensagem de Cristo e da vida cristã.

HEBREUS: Essa epístola é atribuída a Paulo pela tradição. Na verdade, seria posterior a ele, mas segue a mesma linha de sua mensagem. É uma longa meditação sobre Cristo, "grande sacerdote da Nova Aliança", que levará a humanidade à realidade celeste da Ressurreição.

EPÍSTOLAS DE SÃO PEDRO: Duas cartas são atribuídas ao apóstolo. A primeira é dirigida aos cristãos da Ásia Menor, que vivem num meio hostil, para lembrá-los do exemplo de Cristo, que sofreu por todos, para confortá-los em sua Fé, para encorajá-los a levar uma vida exemplar no meio dos pagãos. A segunda constitui seu testamento espiritual. No momento de abandonar esse mundo, evoca a Transfiguração de Cristo e as promessas da vida eterna.

EPÍSTOLAS DE SÃO JOÃO: O apóstolo que Jesus amava deixou três cartas como testemunha direta daquele que conheceu Jesus e viveu com ele. É então considerado, no final do século I, como o "antigo", a última testemunha viva.

Nelas repete incansavelmente que Deus é amor e que os cristãos devem amar uns aos outros.

APOCALIPSE: O último livro da Bíblia, dirigido às sete igrejas da Ásia Menor, descreve o fim dos tempos em uma série de quadros em forma de visões. O desvendamento do triunfo final de Cristo tem como objetivo manter a Fé e a Esperança dos crentes em meio às perseguições. Essa obra hermética e grandiosa é atribuída ao apóstolo João, que a teria escrito na ilha de Patmos, no mar Egeu.

ÍNDICE TEMÁTICO

Abandono 22
Alegria 23, 30, 33, 35, 53, 91, 137, 162, 183
Amor 35, 39, 64, 195, 197, 199, 204, 207, 210, 218
Bênção 37, 66, 111, 123, 191, 203, 205
Cântico 176
Carne 122
Casa 18, 81, 103
Casamento 37, 38
Céu, céus 49, 80, 117, 158, 165-6
Condenação 78, 208, 214
Confiança 15, 75, 77, 118, 124, 151, 160
Conhecimento 110, 112, 114
Consolação 32, 70, 200, 210, 217
Conversão 20, 43, 106, 129, 178
Coração 29, 200
Cura 83
Escuta 63, 95, 115, 128

Esperança 31, 47, 189
Feliz 30, 119, 177, 188
Filho, filha 25, 26, 27, 29, 42, 104, 201
Grito 35, 48, 125, 133, 139, 163, 187, 196
Homem 9, 50, 57, 72
Infância 189
Justiça 24, 40, 68, 107, 152, 167
Libertação 60, 67, 88, 182
Louvor 17, 42, 52, 71, 74, 79, 81, 89-90, 99, 132, 168, 175, 208
Luz 19, 59, 109, 157
Messias 14, 170, 184
Miséria, desgraça 169
Morte 45, 46, 52, 54, 91, 101, 109
Nascimento 13
Pão 98, 100, 131-2, 152
Paz 55, 144
Perdão 47, 170, 190, 202, 212

Pobres.................. 17, 21, 28, 172
Preces de mulheres................ 179, 180, 181, 187
Projeto... 69
Proteção 14
Protetor..................................... 174
Reino 192, 215
Ressurreição 154, 171, 198, 201, 203, 206, 209
Sabedoria de Deus............ 73, 86, 96
Salvação............... 56, 61, 76, 140
Silêncio.................. 102, 108, 155
Tempo 36, 51, 167
Vaidade 16, 19
Velhice.................................. 21, 44
Vida, vivo.................. 28, 84, 138, 145

Sumário

Prefácio 5

ANTIGO TESTAMENTO

Nascimento de um rei	13
Deus protege os homens	14
O anúncio do Messias	14
Confia no Senhor..................	15
Tudo é vaidade	16
Os justos herdarão a terra	17
Quem pensa no pobre...........	17
Quem pode hospedar-se em tua tenda?	18
Mais vale dois que um só	19
Eu te procuro........................	19
Retornai................................	20
A ambos fez Yaveh	21
Por que me abandonaste?	22
Dai-nos a alegria	23
Palavras do pai......................	24
Evita as faltas tanto nas grandes como nas pequenas coisas.................	24
Busca a paz	25
Trata-te bem........................	26
De manhã	27
Adquire a sabedoria.............	27
Desfruta a vida	28
Ricos e indigentes, todos juntos	28
Se o teu coração é sábio......	29
Não esqueças as dores de tua mãe	29
Feliz o homem......................	30
Como outrora......................	30
Prece do jovem Davi............	31
Não tenho outra esperança..	31
Consolai o meu povo	32
Bendita seja a tua fonte	33
Vinde ver	34
Exultemos............................	35
Vem, meu amado.................	35
Ninguém é senhor de nada..	36
Bênção	37
Prece de Tobias e Sara	38
Que o rei se apaixone por tua beleza	39
O justo brota	40

233

Por quê?	41
Filho	42
Converte-te ao Senhor	43
Não me abandones velho e encanecido	44
Que eu não adormeça na morte	45
Eu vos salvarei	46
Perdoai-nos	47
Liberta a vida	47
Realizas maravilhas?	48
Quem subiu ao céu?	49
Um amigo fiel	50
Mil anos são como um dia	51
Vou despertar a aurora	52
Quão amarga é a tua lembrança	52
Delícias à tua direita, perpetuamente	53
Tua sentença é bem-vinda	54
Deus não fez a morte	54
Em paz	55
Perante ele se curvarão todos	56
Quem poderá resistir-lhe?	57
Meus tempos estão em tua mão	58
Faze brilhar tua face sobre o teu servo	59
Tu me libertaste	60
Prece de esperança de um "afogado na vida"	61
Tu me fazes conhecer agora o que de ti havíamos implorado	62
Ouve a minha prece	63
Eu te amo	64
Yaveh está perto	65
Bendize a Yaveh	66
Ele os guiou ao porto	67
Em justa medida	68
Yaveh abre os olhos	68
Que difíceis são teus projetos	69
Lembro-me	70
Quem o pode glorificar?	71
Que é o homem?	72
Sabedoria	73
Vem procurar o teu servo	74
A ti estendo meus braços	75
Sonda-me	75
Cura-me	76
Aleluia!	76
Endireita todos os curvados	77
Não me condenes	78
Quando vejo o céu	80
Para o teu repouso	81
Yaveh protege os simples	82
Tu restaura-me	83
Eu te farei experimentar a alegria	84
Tu existes e teus anos jamais findarão	84
Tu és um refúgio para mim	85
A sabedoria é boa	86
Ando o dia todo entristecido	87
Miserere	88
Cântico dos hebreus libertados	89
Responde-me depressa, Yaveh, pois meu alento se extingue	90
Caminharei na presença de Yaveh	91

Que o céu se alegre	91
Prece da lembrança do exílio na Babilônia	92
Prece da volta dos exilados da Babilônia a Jerusalém...	93
Juntos	94
Ouve, meu povo	95
A sabedoria não abandonou o justo	96
Vós que esqueceis a Deus	96
Lembra-te	97
Ele os apascentou	98
Cântico da subida a Jerusalém	99
Para que entre o rei da glória	100
Vê como me tornei desprezível	100
Não temas	101
Levanta-te	101
É bom esperar em silêncio ...	102
Ele protege o fraco	103
Eu amo a beleza de tua casa	103
Meu filho, escuta	104
Não fiques surdo ao meu pranto	105
Eu invoquei teu nome	106
Converte-nos	106
Destruirás o justo?	107
Aceita os silêncios	108
Eles pareceram morrer	109
A sabedoria me ensinou	110
Que Deus te dê	111
Mostra-me o teu caminho ...	112
Prece de Jacó	113
O homem não pode ver-me e continuar vivendo	114
Ouve, ó Israel	115
Dei	116
Fora de mim não há outro Deus	117
Yaveh é a minha rocha	118
Feliz o povo	119
Das alturas me tomou	120
Guarda para sempre a promessa	121
Minha carne refloresceu	122
Yaveh, a realeza	123
Tudo vem de ti	124
Tu conheces meu caminho...	125
Eu me elevo a ti	126
Dedicatória ao templo de Jerusalém	127
Mesmo o estrangeiro	128
Se voltardes a mim	129
Realizaste sinais e prodígios	130
Do céu, o pão	131
De profundis	133
Pereça o dia em que nasci.....	134
Ele me triturou	135
Alegra-te, jovem	137
Sei que meu Defensor está vivo	138
Grito a ti	139
A salvação vem de Yaveh	140
Onde estavas?	141
Eis que falei levianamente	142
Tudo podes	143
Esperava-se a paz	144
Deus vos retribuirá a vida.....	145
Ninguém se lembra	146
Tu me seduziste	147
Compassivo é o Senhor	148

Anos de prosperidade 148
Meditarei toda a tua obra 149
Quando irás te levantar? 149
A vinha de Yaveh 150
Maldito o dia em que eu
   nasci 151
Nossa força 151
Em ti, a nossa esperança 152
Nós o ignoramos 153
Despertai 154
Por que dormes? 155
Ele foi maltratado 156
Vem livrar-me, ó Deus 157
Seis coisas detesta Yaveh 157
Os céus contam 158
Põe-te em pé, Jerusalém 159
Quanto a nós, esperamos
   por Yaveh 160
O espírito do Senhor Yaveh
   está sobre mim 161
Transbordo de alegria 162
Quando voltarei a ver a face
   de Deus? 163
Ouviste a minha voz 163
Eu me lembrei de Yaveh 164
Ouve, meu povo, eu te
   conjuro 164
Cantos de ação de graças
   oferecer-te-ei 165
Ó céus, bendizei o Senhor ... 165
É ele quem muda tempos 167
Louvai-o e exaltai-o para
   sempre 168
O que nós ouvimos 169
Concede misericórdia 170

Tu saíste para salvar o teu
   ungido 170
Ele terá compaixão de todos
   vós 171
Yaveh é o abrigo do pobre ... 172
Cada qual fala com duplo
   coração 173
Meu protetor 174
Mantém meus passos 175
Entoa um cântico 176
Provai e vede como Yaveh
   é bom 177
Abre a tua boca 178
Voltamos a ti 178
Ela sorri diante do futuro 179
A mulher estéril 180
Ela despojou-se de suas
   vestes de viúva 181
Livra-me do medo 182
Exulta muito, filha de Sião .. 183
Minha luz e minha salvação 184
Eis que vos enviarei o profeta 184

Novo Testamento

Minha alma engrandece o
   Senhor 187
Beatitudes 188
E tu, menino 189
Bendita és 191
Meus olhos viram tua
   salvação 191
Pai-nosso 192
O fariseu e o publicano 193
Pedi 194

Se dois de vós 194	Ele enxugará toda lágrima dos seus olhos 210
Pai, chegou a hora 195	Amai os vossos inimigos 210
Se eu não tivesse a caridade 197	Ninguém pode servir a dois senhores 211
Se Cristo não ressuscitou 198	
Ele nos consola 200	Não crestes nele 212
Que Cristo habite pela fé em vossos corações 200	Tira primeiro a trave de teu olho 213
Obediente até a morte 201	Nem eu te condeno 214
Imagem do Deus invisível 202	Onde está o vosso tesouro ... 215
Fazei sua vontade 203	Abraão viu meu dia 216
Ele encabeçará todas as coisas 203	O galo não cantará 217
	Há muitas moradas 217
Nada poderá nos separar 204	Eis que estou à porta 218
O Espírito da Verdade 204	
Prece de São Pedro 205	*A mensagem bíblica* 219
Porque foi de teu agrado 206	*Lista de livros da Bíblia* 221
Prece de São João 207	*Resumo dos livros da Bíblia dos quais foram extraídas as "palavras" desta coletânea* 223
Se o nosso coração não nos acusa 208	
Nunca mais terão fome nem sede 209	*Índice temático* 231